鴻上尚史

# 人間ってなんだ

JN053296

講談社＋α《プラスアルファ》新書

# まえがき

この本は、じつは、27年間にわたって週刊『ＳＰＡ！』で連載を続けた「ドン・キホーテのピアス」の中から、自分で言いますが「珠玉のエッセー」を集めたものです。

そんなこと自分で言うかという突っ込みもよく分かりますが、なにせあなた、連載全１２０４本の中から選んだものなんですぜ。これで面白くなかったら、連載が27年も続くわけがなかったと、これまた自分で言ってしまおう。

この本は「人間ってなんだ」というテーマに関するエッセーを集めました。

これもね、正直に手の内をあかすと、本当は「ドン・キホーテのピアス　ベスト１００」なんていう本にしようと思っていたのです。自分自身、忘れがたい文章や、多くの人に読んで欲しい文章がありましたからね。

で、それを長年の担当編集者の田中浩史氏に相談したわけです。

田中さんは「分かりました。それでは、全エッセー、読んでみます」と軽く胸を叩いてくれました。軽く叩いても、やることはすごいですよ。単行本にして20冊！　20冊でっせ。ずっとおいらの書いたエッセーを読んでいたら、頭だけじゃなくて、身体全体まで鴻上尚史になるんじゃないかと心配しました。顔まで鴻上尚史になったら、「ぶさいく村」の住人になるということですからね。担当編集者をそんな悲劇に巻き込むわけにはいきません。

田中さんに相談したのは、自分で選ぶ「自選名作集」という方法もあるなと思ったのですが、やっぱり、客観的な判断の方がいいんじゃないかと考えたのです。

なにせおいらは演劇の演出家なので、常にスタッフや観客の反応を大切にしたいと思っているのです。

で、全エッセー1204本、単行本20冊を読み切った田中さんは、「鴻上さん。この中から100本だけ選ぶのは無理だし、もったいないです。テーマ別に分けて、3冊の本にしませんか」という作家にとってはとても嬉しい、でも編集者にとっては冒険すぎる提案を、これまたサラッとしてくれたのです。

そして、出来上がったのが、全エッセー本の中から「人間ってなんだ」というテーマで書かれた32本（30本にまとめましたが）を集めたこの本です。

演劇の演出家は、人間とつきあうのが仕事です。つまりはずっと「人間ってなんだ」と考え続けているのです。

まったく理解できない行動を取る俳優やスタッフに対して、「どうしてあんなことをするんだろう」「何を考えているんだろう」と相手の立場に立って考える訓練をずっとしてきました。

それは、「道徳」とか「優しさ」の話ではなく、そうしないと仕事ができないからです。なんとか演劇という共同作業をするためには、相手を愛するとか好きになるとかではなく、相手の立場を理解することが必要だからです。

それはつまり、相手の「事情」を理解するということです。

僕は演出家として、ずっと「どんな人にも事情がある」と思って仕事をしています。同情するかどうかは別にして、その「事情」を知ることが、共に仕事をするためには必要不可欠なのです。

それがようやく言葉になったのが「シンパシー（sympathy）」と「エンパシー（empathy）」の違いでした。

シンパシーは「同情心」です。「シンデレラはずっと奴隷のように働かされて可哀そうだなあ」という同情する心です。思いやりとか慈《いつく》しみの心ですね。

エンパシーは「相手の立場に立てる能力」です。エンパシーは今、「共感力」なんて訳されたりしていますが、これだと誤解される可能性があると僕は思っています。

「シンデレラの継母《ままはは》は、どうしてあんなにひどいことをシンデレラにしたんだろう？」と考え「ひょっとしたら〜という理由だろうか」と考えられる能力が「エンパシー」です。

つまり、シンデレラの継母に、一切、感情移入する必要はないのです。

「シンデレラの継母は、まったく好きになれない」という前提で、つまり共感はしないけれど、その理由を考えるのです。

ひょっとしたら、再婚前、二人の娘を連れたシングルマザーの時代に経済的にすごく苦労して、性格がゆがんでしまったんだろうか。

シンデレラの父親がすでに死んでいるか、甲斐性なしの父親が生きているという、どちらの設定でも、再婚してやっと経済的に安心できると思ったのに、苦労が続くのでその怒りをシンデレラにぶつけたのだろうか。

それとも、実の娘二人の容姿とシンデレラの容姿の違いをよく分かっていて、美しいシンデレラをじゃまだと思ったのだろうか。だから、お城の舞踏会にも絶対に連れていかなかったのだろうか。

この前、『学校ってなんだ！　日本の教育はなぜ息苦しいのか』（講談社現代新書）という本で対談した工藤勇一校長が勤める横浜創英《そうえい》中学校で、この質問を中学1年生にしました。

ある女子生徒が「一人、除け者を作ると集団はまとまるので、継母はシンデレラをいじめることで、二人の娘との家族のまとまりをつくりたかったんじゃないでしょうか」と答えました。思わず、唸《うな》りました。

最近、僕はこの「シンデレラの継母は、どうしてシンデレラをあんなにいじめたのか？」という質問を終えると、次にこんなことを聞きます。

「桃太郎の犬は、どうしてきび団子ひとつで命をかけたのだろうか？」

リスクマネジメントとしては、あきらかにおかしいです。鬼と戦って死ぬかもしれない。大怪我をするかもしれない。その危険に対して、その報酬がきび団子ひとつ、というのは、正気の沙汰ではありません。

でも、犬にはそれを引き受ける事情があったはずです。それはいったいなんだったのか？

この質問を横浜創英中学校ですると、教室は大騒ぎになりました。生徒が一斉に手を挙げて、いろんな理由を言いました。

もちろん、どれが当たっているか、なんて唯一の正解を求めているわけではありません。

「犬の家族を鬼に殺されている」とか「死ぬほどお腹が空いていた」とか「以前に鬼に飼われていて虐待されたから復讐したい」とか「正義に生きたいと思った」とか「桃太郎に一目惚れした」とか、さまざまな事情はさまざまな犬の数だけあるのです。

大切なことは、相手の「事情」を考えられることです。これがエンパシーの能力です。

そして、能力という限りは、それを育てることができるのです。

シンパシーは、感受性の問題として語られがちです。感受性ですから、ある部分は天性のものだと思われています。育てても限界があると。

でも、エンパシーは能力です。能力は育て上げることができるのです。

僕自身、演出家にならなければ、こんなに「事情」について考えることはなかったと思います。いろんな現場で、つまづき、悩み、葛藤したからこそ、相手の事情、つまりエンパシーを考えたのです。

この本は、そんな「人間ってなんだ」をあれこれと考え続けたものです。

ごゆっくりお楽しみ下さい。

人間ってなんだ／目次

## 3　からだを意識する



## 4　性の世界は奥が深い

## 5 才能ってなんだ

## 6 希望について

# 1　異文化で人間について考える

## 世界のボケは共通である

**1997年9月から1年間、筆者は文化庁の在外派遣員としてロンドンの演劇学校ギルドホールへ行った。慣れない英語に悪戦苦闘しながら、筆者はなにを感じていたのか。**

ようやく、演劇学校も冬休みに入りました。やったあっいいいー！

なんだか、帰宅途中の電車の中で突然、強烈な便意をもよおして、駅のトイレは清掃中で、いつもの頼りにしている店は閉まっていて、死にそうになりながら自宅に戻ってくるとエレベーターはなかなか来ず、階段は引っ越しする人の荷物で通れず、耐えに耐えて自宅のドアの前まで来たら、バッグの中にあるはずのドアの鍵がなかなか見つからず、運命を呪いながらドアをねじくり開けて、やっとトイレにたどりついたような心境です。

そういう時、人はため息と共に、涙ぐみますよね。

なんだか、自分で自分をほめてあげたい心境です。

でも、すでに僕は英語金縛り病にかかっているので、こういう時「まてよ、自分で自分をほめてあげたいって英語でなんて言うんだ？」と思考してしまうのです。嬉しさも中くらいになってしまうのね。

とにかく、僕に「西洋の演劇テクニックを知るのも有益だよ」と勧めてくれた学校の先生も、僕がなんとかよくやっているので喜んでいると言っていました。この人は、僕を受け入れてくれるように、校長先生や同僚を説得してくれたのです。

ここで、おいらが、「へへん、あんた方のやっている芝居は古いね。なにがフィジカル・シアターだ。んなもん、こっちは、ずっと前からやってんだい」てなことを授業中言いだしたり、または、「何？　なんて言ったの？　何にも分かりましぇん。悪いけど、おいら日本人だからよ。日本語で言ってくんないかなあ、すまねえなあ。温情、身にしみるぜ」てなことを言いだしたりしていたら、この先生の立場そのものもやばくなっていたわけです。

僕が、「ロンドンには、勉強に来ているんじゃなくて、リサーチに来ているんです」と書いたところ、日本の友人からメールが来て、これは何が違うんだと聞かれました。

はい、こっちでは、イギリス人相手に、「ギルドホールって所に、演劇の勉強に来てるんですよ」と言うと、いきなり相手の態度が、人を見下すようになります。

「オウ、学生さんね。ガンバッテネ」以上、です。ところが、「リサーチに来てんですよ」と答えると、「オウ、興味津々《きょうみしんしん》ネ。ジャパンの演劇の話、知りたいネ」となるのです。

日本だと、「一生、勉強ですから」で通じるんですけどね。

ま、しかし、とりあえずほっとしています。

出発前に、僕の母親が、「どの世界にも、お節介《せっかい》な人間はいるものよ」と言っていました。これは、早口の英語で、今日の予定を言われたら、僕はおそらく立ち尽くしてしまうだろうと心配を語った時に、母親が電話で答えた言葉です。お節介な人間が、うろうろしているあんたを案内してくれるわよ、という意味です。さすが、小学校教師生活二十うん年の発言だなと、僕はその時思いました。

で、こっちに来てみると、お節介な人間はたくさんいましたが、それより、ボケもいるのねという当たり前の事も発見したのです。

授業中、一番の恐怖が、「じゃあ、目を閉じて」と先生が発言する時です。これは、集中を高めるためとかイマジネーションを膨《ふく》らませるとかの目的で、日本では僕もよくやる稽古《けいこ》方法ですが、目を閉じてと言われると、英語のリスニングだけが命となるのです。目を開けていると、何を言われているか分からなくても、他の生徒を見ていれば要求されていることは分かります。ところが、何回も言いますが、目を閉じてしまうとにっちもさっちもいかなくなるのです。

で、最初の授業の時、いきなり、これが出ました。僕は目を閉じましたが、心配でしょうがありません。みんな座《すわ》っているのに、僕だけ立っていたらどうしようかとか、じつは、みんなガチョーンのポーズをとっていたらどうしようとか、頭の中は、心配の嵐になりました。で、薄目を開けて、そーっと横を見ました。

すると、横に立っていたイギリス人も、薄目を開けて、僕を見ていました。

僕はその時、悟《さと》りました。

世界のボケは共通であると。

そうなのです。それからのレッスンでも、先生が何回も説明しているのに、とんちんかんな事をする生徒の多いこと。考えてみれば当たり前のことで、日本だって、日本人相手に一生懸命説明しても、違うことをする奴はいます。

違うのはここからで、この時、日本人は世間体を刷《す》り込まれていますから、赤面します。今の所、僕なりのイギリス人の分析は、半分アメリカ人、半分日本人のミックスという判断なので、こういう時、イギリス人はピンク面します。が、人によっては、アメリカが強く入っているイギリス人もいて、その場合は、平気です。やれやれという顔をして、（こっちは、お前が、やれやれってするな！　それは、周りの仕事だ！　周りが突っ込めないじゃないか！）と思うのですが、それで、終わります。

で、日本人が強く入っているイギリス人は、ちゃんと赤面します。

（1997年12月）

## バイリンガルと成熟

演劇学校は、1月の5日から始まります。また、英語との戦いの始まりです。英語は、まだまだですが、その周辺のことはずいぶん分かってきました。これはもう、一冊の本を書けます。『鴻上尚史の英語がなんだあ！（仮題）』です。

たとえば、半分アメリカ人が入っているイギリス人を見ていて、私ははたとヒザを打ったことがありました。

僕達日本人は、細かい英語の文法に捕《と》らわれて発言の機会を失ったり、考え過ぎてしどろもどろになったりすることがよくあります。ところがっ、ここにアメリカを入れると、周りを気にする必要はなくなるのです。

一度、クラスで10分ほどの芝居の発表会がありました。3人チームで相談して、自分達の見た夢を表現するという課題でした。僕も、3人チームの一人として、必死になりながら相談して、芝居を作りました。で、それを、先生達全員で見るという発表会でした。

あるチームが、アメリカがかなり入ったイギリス人の3人組で、最初からああでもないこうでもないともめていました。で、発表の当日、そのチームの順番になった時、3人が「僕達は、相談した結果、発表しない方がいいという結論に達しました」とさらりと言ってのけました。あたしは、腰が抜けましたね。で、それを聞いた先生も、半分アメリカ、半分日本ですから、「分かりました」と冷静に答えたのです。日本だったら、「ぬわにぃー！　誰が決めた！　俺が決めるんじゃい！　お前ら生徒じゃないわいー！」てな騒ぎになると思うのです。が、さすが、半分、アメリカ、入ってます。

僕達のチームは、一人がかなり日本が入っていて、議論より練習だあと燃えて、僕は、そのまま日本が入ってますから、一緒にさんざん練習しました。

で、話を英語に戻すと、日本人が英語をしゃべる時は、じつは、アメリカの土俵《どひょう》に上がっているわけですから、周りなんかじぇんじぇん気にしなくていいのさという単純明快な結論が出てくるのです。

アメリカやイギリスの中学・高校に現地入学した日本人が、英語の世界なのに、周りを気にしすぎることが、いかにムダなことか分かってくるのです。

これが、日本語を学ぶ外国人の場合は、まったく逆です。日本で日本語をしゃべる以上、周りと違うことをしていると、その人はそれだけで変な目で見られてしまうのです。

かわいそうです。

ね、そう思うと、ちょっと英語に対して楽になりません？

もうひとつ、英語を学ぶ理由に、英語が大好きだという人はさておいて、世界共通語になってしまったから、しょうがないという真実があります。

英語学校で会ったポーランド人のアンドリューは、ドイツ語とロシア語が完璧に話せるエリートでした。なのに、彼は、初級から英語を勉強しに来ていました。僕は同情して、「ソ連のばか。崩壊なんかしないで、アメリカに勝ってれば、君は今ごろ、世界のエリートなのにねえ」というと、アンドリューは、本気で涙目になりました。

でも、ひとつだけ、英語を学ぶことの予想外の利点があるとしたら、それは、文化的に成熟《せいじゅく》しやすくなるということだと思っています。

モノリンガルという言葉を僕は最近、よく使います。バイリンガルではなくてモノリンガル。一ヵ国語だけしか話せない人のことですが、この言葉には二つの意味があると思っています。結果的にひとつの言葉しか話せないモノリンガルと、ひとつの言葉だけで当然だと思っているモノリンガルです。そうつまり、英語圏の人達のことです。

僕達日本人は、英語を全く話せない田舎のおばちゃんでも、英語を話せないことを恥じています。恥じるという言葉が強すぎるなら、心にひっかかりがあります。が、ネイティブのイングリッシュ・スピーカーのほとんどは、そんな感覚とは無縁のまま、生活して、一生を終えるのです。すると、どういう感覚が芽生えるかというと、英語を話さない人種の存在が信じられなくなるのです。

つまり、自分に理解不可能なものの存在を認められなくなるのです。この結論は、かなりの暴論ですが、さほど外れてないと僕は思っています。

実際、演劇学校で特に僕に親切なのは、イギリス人でもフランス語がしゃべれるとか、香港で育ったとかのバイリンガルのクラスメイトなのです。彼らは、英語をうまくしゃべれない人間の精神状態を想像できるのです。

で、結論。

バイリンガルを目指すということは、違う文化を知るきっかけになりうるということです。そして、日本の田舎のおばちゃんが英語に対するコンプレックスを、「あたしは英語が全然話せないけどさ、でも世の中には、英語ってものがあって、まったく違う世界があるんだってねえ。面白いねえ」と健全なるスタンスに変えられるようになれば、それは素敵な田舎のおばちゃんに変身する可能性が山ほどあるということなのです。

だから、英語に対して腰がひけてる日本人には、自分の国の言葉を信じて疑わない英語圏の多くの人達より、成熟するチャンスが山ほどあると、僕は思っているのです。

（1997年12月）

## 日本人もイギリス人もそんなに変わらない

1年間、イギリスの演劇学校に入って、一番の収穫はなんでしたかと問われれば、「なんでい、みんな変わらないじゃないか」ということでした。

少なくとも、演劇というフィールドでは、クラスメイト達がぶつかる問題も、不安も、日本人とまったく同じだし、また、イギリス人演出家が要求することも、日本人演出家と同じでした。

ただ、日本人より、試行錯誤《さくご》のバラエティーは多かったのですが、それでも、すべて、想像の範囲内でした。

抽象的な言い方ですが、つまり、日本人だと、「こんなことを言ったり、したりすると、周りから何言われるか分からないし、世間体も悪いし、本当はこんなこと言いたいんだけど、黙っておこう」と、自動的に自分の発言を控える所を、イギリス人だと、「俺は、そう思ったんだもんね。思ったんだから、言っちゃうんだもんね。え？　こんなこと言って、バカだと思われないかって？　だって、思ったんだもん」という思考の流れで、発言するわけです。

でも、その内容は、日本人が周りの目を意識して言わないだけのことと、かなり似ています。

イギリスに20年以上住んでいる日本人から、面白い話を聞きました。

数年前、日本の文部省が「クラスの生徒一人一人の個性を伸ばすためにはどうしたらいいのか」という調査団をイギリスに派遣したのだそうです。

で、その同じ年、イギリスから日本へ「クラスのまとまりを作るためにはどうしたらいいのか」という調査団が派遣されたそうです。

さて、話はここからです。

「あなたが、感じたこと、思ったことを周りがなんと言おうと、素直に口にしなさい」

というルールは、もちろん、基本的には、素晴らしいことです。

僕は、昔から、「世間体」とか「世間様」などという壊れてしまって実体のないものに、判断の根拠を置こうとする一部日本人の思考停止状態に、激しい反発を覚えてきました。

根拠を論理的に説明できない人ほど、「世間がなんと言うか」とか「みんな言ってるよ」とか「ご近所に恥ずかしい」などと言う回数が増えます。

実際、このフレーズは、ものすごく便利で、自分のすべてを隠してくれます。なので、イギリス人のこのルールは、しごく健全なものです。

特に、いつも発言の前に、「周りがなんと言うだろう。こんなことを言ってバカだと思われないだろうか」と考え続けて、何にも発言しない状態より、はるかに精神衛生上いいことです。

で、話はイギリス人生徒に戻るのですが、ほぼ間違いなく、彼ら彼女らは、こういう学校教育を受けて来ています。

授業でひとつの物語を読むと、「一人一人、違う感想がありますね。当然です。一人一人、人間が違うのですから。さあ、それを語りましょう。自分が感じたこと、疑問に思ったことを表現するのは、素晴らしいことです。それが、人間の基本です。つまり、それができないと人間ではないのです」となります。

日本だと、同じ物語を読んでも、「作者の言いたいことはなんでしょう。300字にまとめなさい。続いて、この〝それ〟が指しているものを書きなさい」となって、どう感じたかにも正解があるはずだとみんな思い込み・思い込まされてしまうわけです。

で、ここまでだと、だからイギリス教育は素晴らしいと叫んでいる人達の勝ちなのですが、この状態のまま、演劇学校に突入するとどういう事態が起こるのか。

先生が、ひとつのレッスンをしたとします。終わった後、先生もイギリス人ですから、当然のように感想を聞きます。

日本では想像もできないぐらい、さまざまな感想が飛び交います。言っておきますが、びっくりするぐらい、素敵な感想はありません。ここが、英語コンプレックスのある日本人がだまされる所で、英語で語られると素晴らしいように聞こえますが、ほとんどが普通・平凡な感想です。でも、みんな、自分が感じたことなので、確信と喜びを持って語ります。で、ここまでは、とてもいいことです。

さて、先生は、次のレッスンに移ろうとします。授業時間は決まっていますから、あれもこれも、生徒に伝えたいのです。ところが、何人か、ながーい感想を持った人間が必ず出ます。長いです。終わりません。自分の子供の頃の体験まで含めて、話し始めます。最初、にこにこして聞いていた先生もだんだん焦ってきます。

これがエスカレートすると、レッスンの途中で、自分の疑問を語る生徒が出てきます。

1学期、体育の授業で、先生が、体操するために、「右手を上げて」と言った瞬間に、「どうしてですか?」と聞いた生徒がいました。あたしは、腰が抜けました。

この生徒は、特に、何でも自分の疑問や主張をぶつける人だったのですが、別のイギリス人がある日、この生徒に「自分の疑問をいったん、横に置いてみることも必要だよ」とアドバイスしました。

で、それを聞いて、また、あたしは腰が抜けました。

なんだ、思ってることは変わんないじゃないかと思ったのです。


（1998年7月）

## 2　立ち止まって考える

### 牛は食えるか、犬は食えないか？

『もの食う人びと』（共同通信社）がベストセラーになっている作家の辺見庸《へんみよう》さんにお会いしました。『もの食う人びと』は、世界中のさまざまな食い物を、まさに、「食う」という視点のみからルポした内容なのです。

この本があんまり面白かったので、いろんな質問をさせていただきました。

今までで、食べた物の中で、一番、美味しかったのはなんですかという質問に、「ピョンヤンで食べた犬料理ですね」と辺見さんは答えられました。

と、横にいた女性が、「ぎゃあー！　いぬうううぅぅぅ!?」

と、絶妙のタイミングで、絶叫しました。

そういう反応に辺見さんは慣れているらしく、「ええ、犬料理です。サイゴンで食った犬料理は、だめでしたね。犬鍋なんですけど、手とか足とか毛がついたまま、そのままの形で、入ってるんですよ。でも、ピョンヤンの犬料理は、丁寧に身をほぐしていて、絶品でした」

と、穏やかに答えられました。

僕達は、食事をしながら、この会話をしていたのですが、再び、さっきの女性が、「ぎゃあー！　やめてやめてやめてやめてえええぇぇぇ！」と、叫びました。

と、同席していた年配の男性が、

「日本だって、ついこの間までは、犬を食べてましたもんねえ」

と、牛のステーキを口に運びながら、当然のように答えました。

「ぎゃあー！　うそうそうそうそ！　信じらんないないないいぃぃぃ！」

と、また、間髪入れずに、女性が叫びました。

で、食事の席は、何故、犬を食うことが信じられないのかという話になり、女性が、当然のように、だって、かわいそうじゃないのと答え、じゃあ、牛はかわいそうじゃないのかとなり、だって、犬は牛とは違うでしょうという反応が返り、とんでもない、牧場で子供の頃から育ててきた肉牛が出荷される時、牧場の子供は、泣きながら抵抗して、僕はもう一生、牛を食べないと親に叫んで、1週間、肉断ちをするのだけれど、やっぱり、ステーキの魅力にまけて、泣きながら肉を食って、「ああ、これが、人生なんだ」と悟るのだという話になりました。

それでも、叫んでいた女性は、だって、牛は放牧されていて、犬は違うでしょうと言うと、辺見さんが、「ええ、ピョンヤンの犬も料理人が言うには、街を歩いている犬じゃなくて、養殖している犬だということです」

と、おっとり答えられ、はたして、犬を養殖というのかと、話はずれ始め、放牧に対抗して放犬はどうだろうとか、養豚に対抗して養犬はどうだろう、しかし養犬というとなんだか犬好きのボランティアが年老いた犬を養っているようなイメージを受けるなあと話がどんどんずれ始めた時に、女性が、「だって、犬は賢いでしょ！」と叫びました。

ここで、話はぴたっと止まりました。

僕がゆっくりと、ということは、バカは殺してもいいということですかと質問しました。

女性は、いえ、そんな意味じゃなくて……と口ごもりました。

鯨を食うことも野蛮人という欧米の発想は、まさに、この一点に集約されるわけで、鯨は賢いとかイルカは知能が高いとかいうのは、逆に言えば、牛や豚や鶏はバカだから殺して食うのは当然ですということになるのです。

僕は、鯨を食って何が悪い、それが日本の文化であると、ずっと思っているのですが、欧米の論法で、だって、牛や豚は食肉用に飼われているのですからというのがあります。だったら、鯨も食肉用に飼えばいいんだなということになるわけで、日本人の技術をなめるんじゃねえ、それでいいのなら日本人は鯨の養殖技術を開発するぞと思っています。

ま、確かに、僕だって、犬を食うと聞くと、うっとなりますが、しかし、それが何故なんだろうと考えるのが知性というやつで、こういうすべてが見えにくい時代になればなるほど、感情判断と知性判断は分けたいと思うわけです。

『愛について、東京』という柳町光男《やなぎまちみつお》監督の映画では、食肉牛がまさに殺されるシーンが繰り返し出てきますが（その瞬間、何故か牛の目が涙で潤むのです）、このシーンを見ると、犬はかわいそうで牛はかわいそうじゃないというのは、まさに、気分でしかないと分かります。

で、考えれば考えるほど、犬料理をうっと思うのは、欧米の倫理観を刷り込まれた結果なんだという結論に達するのです。

ソウルオリンピックの時に、韓国政府が犬料理店を大通りから移転させ、隠しまくったのも、これまた欧米の倫理観の反映となるわけです。

何を言っているんだ、勝てば官軍、負ければ賊軍、あなたがたは、文化的にイギリスやアメリカに負けているんだから、アメリカ、イギリスがこれは野蛮人のやることと決めることに反対する力はないの、牛を食うのは紳士で犬や鯨を食うのは未開人なの、アンダスタン？　と言われれば、これはもう分かりやすくていいんですけどね。

じつは、辺見さんと話して、一番、面白かったのは、人肉食のことでした。

人肉食の問題は、いつも、倫理とか飢餓とか極限状態とか愛とかのセットで語られます。

そうではなくて、美味しいかまずいかという「食う」視点で語ることが、なぜタブーなのかを解明する手がかりになるかもしれないということです。世界には、美味しいから人間を食ったとしか考えられない事例がたくさんあるのです。

（1994年11月）

## アウシュビッツは〝正義〟がたどり着いた地獄である

ポーランドに来ています。ワルシャワ大学の日本語学科の学生達相手に講演をするためです。

最初、この仕事を頼まれた時には、芝居の本番中なので断ろうと思いました。んが、「鴻上さん、希望すれば、アウシュビッツ、見れますよ」の一言で決めました。

人生で一回は、見ておきたい場所だと思ったのです。

で、芝居はキャストとスタッフに任せて、3泊5日の弾丸ツアーで、ポーランドに旅立ったのです。

入国審査では、美しい女性の検査官の前に立ったのですが、ニコリともせず、一言も口をきかず、ただ、黙ってパスポートに入国のハンコを押されました。彼女は、すぐに、横にあるドアを開けました。が、パスポートをバッグにしまっている間に、ドアは閉まりました。「開けてくれませんか？」と頼むと、「ファスト！　ファスト！　ファスト！（急げ！　急げ！　急げ！）」と怒鳴られました。

40ヵ国以上旅してますが、入国審査でこんなことを言われたのは、初めてです。ドキドキしました。

で、ワルシャワからその日のうちに、電車で2時間半かけてクラクフという街へ。ここからアウシュビッツまでは、車で1時間ちょっとです。

次の日、つまり今日なんですが、朝7時半にホテルを出て、9時少し前にアウシュビッツに到着。

日本人で唯一人アウシュビッツを案内している公式ガイド中谷《なかたに》剛《たけし》さんにお会いしました。

聞けば、中谷さんはポーランドに住んで30年ほど。公式ガイドになって20年ほどだそうです。

最近は、「ダークツーリズム」と呼ぶのか、アウシュビッツを訪ねる日本人が増えているのだそうです。

いきなり、映画やドキュメントフィルムでよく見た「ARBEIT MACHT FREI」の文字が張り付けられた門が見えました。「働けば、自由になる」という、じつに嫌なインチキな詐欺の文章ですね。

で、その門を入らずに、中谷さんは、「多くのユダヤ人が通った道を行きましょう」とエントツのある建物に向かって歩き始めました。

収容所に連れてこられた総数は130万人ですが、ユダヤ人は110万人。そのうちの80％、約90万人は、収容所で手続きを受けることなく、直接、ガス室に送られて殺されたのです。

ガス室では、「毒ガス」が使われたと思われがちですが、正確には、「チクロンB」という「殺虫剤」です。「殺虫剤」ですから、当然、殺傷能力は低く、密閉した空間で20分から30分、閉じ込めないと人間は完全には死ななかったそうです。

「どうして、毒ガスを使わなかったのですか？」と素朴に聞けば、経済的な問題で毒ガスが高かったこと、毒ガスだと死体を片づける時にも危険だったという解説でした。

高濃度の毒ガスが残留していると、死体を片づけながら死んでしまうという可能性があったのですね。

ユダヤ人は、最初、「あいつらは害虫だ」と言われて、街中で迫害されました。それが最後には、「殺虫剤」で殺されるという「奇妙な比喩」にゾッとしました。

いきなりガス室に送られなかった人達は、ドイツ人らしい几帳面さというのか、見事に分類、整理されていました。

囚人服の胸に黄色い星型のワッペンを付けられたのはユダヤ人。赤い逆三角は政治犯。レジスタンス活動とかですね。濃い黒の逆三角形は反社会的分子。ロマ（かつてジプシーと呼ばれた人達ですね）などの人達です。緑の逆三角形は刑事犯。ドイツの囚人が多かったそうです。紫の逆三角は、エホバの証人の信者達。そしてピンクの逆三角は、ゲイ。

この人達を、ドイツ人ではなく、主にユダヤ人の囚人が監視します。監視用の役を担ったユダヤ人は、寝る場所や食料の配分を含め、待遇が良くなりました。

囚人を目に見える形でワッペンを貼って分類し、それぞれを分断し、さらに、囚人の中で監視する側と監視される側を作り、ドイツ人ではなく、ユダヤ人がユダヤ人を監視するシステムを作り上げる。

唸《うな》るほど考え抜かれた巧妙なシステムです。

アウシュビッツでは、私たちが記録フィルムで見る、やせ細った、ガイコツのような収容者の写真がたくさん見られるのかと思ったのですが、残酷な展示はずいぶん抑えられていました。同時にヒットラーの写真もほんの少しでした。

それは、「すべてをヒットラーのせいにして、残酷な描写を見せること」に意味がないんじゃないかと思われるようになったからです（かつてはそういう展示だったのです）。

アウシュビッツは、ヒットラーという狂人が作り上げたものではない。なぜなら、ヒットラーは、ドイツ国民の33％の支持によって政治の表舞台に登場したのだから。アウシュビッツを用意したのは、当時のドイツ国民とも言えるのではないか。ヒットラー一人を悪者にして片づく問題ではない、と人々は考えるようになったのです。

同時に、センセーショナルな展示も控えるようになりました。

それでも、収容所の内部では、「うずたかく積み上げられた靴」や「数えきれないほどのメガネ」「大量の子供用の靴」などをガラス越しに見ることができます。

住所と名前を書き込んだトランクも、無数に積み上げられていました。荷物を没収された時に、自分のものだと分かるようにトランクの外側に直接書き込んだのです。

手書きの文字からは、一人一人の人生が立ち上がってくるようでした。

これらの展示は、写真撮影可能なのですが、一室、女性の髪の毛が2トン集められた部屋だけは、遺族の気持ちに配慮して、撮影不可でした。

ナチスは、入所した男女を丸刈りにして、織物やフェルトという産業用の材料にしていました。

さまざまな色の、さまざまな質の髪の毛が、山のように集められた風景の前では、足がすくみました。

案内してくれたガイドの中谷さんによれば、15歳くらいからアウシュビッツを見学するように、ヨーロッパでは勧められているそうです。それより幼いと、トラウマというか、衝撃を受け止められなくなる可能性があるからです。そして、25歳までには訪ねるべきだとも言われているそうです。それ以上になると、偏見なく、公平な目で受け止めることが難しくなるから、と仰っていました。

実際に、大勢のイスラエルの高校生が見学していました。

アウシュビッツには、三つの収容所があるのですが、一番最初に作られた収容所は、なんと、水洗トイレでした。

二つ目の収容所は、さすがに、囲いもなにもない、一列に並んだ穴だらけのトイレで、人間の尊厳を踏みにじるものでしたが、それでも、なんと、し尿処理施設があって、ちゃんと浄化してから川に流していました。

収容者を入れた棟をつなぐ道には、ポプラが等間隔で規則正しく植えられていて、見事なポプラ並木を作っていました。

この二番目のアウシュビッツには、水路を渡るための小さなタイル作りの橋がたくさん残っているのですが、丸いカーブの洗練されたデザインでした。

僕は水洗トイレやポプラ並木、上品な橋のデザインに唸りました。

１１０万人を虐殺した現場が、野蛮だったり、荒れていたりしたら、まだ納得できます。

けれど、じつに整然と秩序正しく、理性的に運営されているのです。

粛々と理性的に行われる虐殺。

それは、彼らが「自分たちは正義を実行している」と思っているからこそ、できるのだろうと思うのです。

アウシュビッツ所長だったルドルフ・ヘスは、虐殺に関して最後まで謝罪の言葉は口にしませんでした。残した手記には、自分も心を持つ一人の人間であり、悪人ではなかったというようなことを書きました。

僕が訪ねたのは11月の後半でしたから、もう寒い風が吹いていました。収容棟は隙間がたくさんあって、「風が入ってきつかっただろうなあ」と想像できました。もし、夏に訪ねたら、リアルには分からなかったと思います。ガイドの中谷さんは「ぜひ、1月か2月、雪の積もったアウシュビッツに来て欲しいです。そうしたら、どれほど過酷か分かりますから」と仰っていました。

アウシュビッツは、「〝正義〟がたどり着いてしまった地獄」だと感じたのです。

（2019年11月）

## なぜ戦争は起こるのか

8月15日の早朝というか、14日の深夜に、TBSラジオで『戦争のこと教えて！』という深夜番組のパーソナリティをやりました。

終戦60周年の特別番組です。

知り合いの若いディレクターが、「なんとか、戦争のことを番組にしたいんですよね」と熱く語った、今どき珍しいエネルギーに賛同したのです。

ゲストは、東京大学教授の姜尚中《かんさんじゅん》さんと『A』（オウム真理教を扱ったドキュメンタリー映画）などの監督でドキュメンタリー作家の森達也《もりたつや》さん。

姜尚中さんは、アカデミズム界のGACKTと言うと分かる人も多いでしょう。

普通にやれば、「戦争はよくない。二度と起こしてはいけない」という公式コメントで終わるのは分かっているので、小学生とか中学生に、「どうして戦争は起こるんですか？」なんつー質問をしてもらって、姜さんや森さんに答えてもらう番組にしました。

『子供電話相談室・戦争版』を番組のコンセプトにしたわけです。

で、僕はパーソナリティなので、司会と感想だけに回りました。子供電話相談室でも、にこやかなお姉さんが、強引に子供達の電話を終わらせていますね。あの役目です。

最初、いきなり小学3年生から、「どうして戦争は起こるのですか？」という、番組のコンセプトそのものの質問が来ました。

この説明がね、大変なのよ。

ちょっとでも難しい言葉を使うと、それでもう、子供達は分からなくなりますからね。「近代国家」なんて言葉は使えるはずもなく、そもそも「資源」とか「解放」なんて言葉も使えないのです。

こういう言葉を使い出すと、質問した小学生の相槌《あいづち》が、いきなり、「あー」「あー」と単調なものになるのです。まったく分かっていないのに、一応、返事しているという明確なサインです。

姜さんも森さんも、ひいひい言っていました。

「普段、人を殺したら罪になるのに、戦争でたくさん人を殺しても、罪にならないのはどうしてですか？」

なんつー古典的な質問も来ました。

これもまた、「国家のメカニズム」だの「動員」だの「正義」なんて言葉は使えないのです。

何回か答えているうちに、森さんが、

「戦争が起こる理由なんてないのね」と、別の子供に言い出しました。

質問した子供は、「えっ、理由はないんですか？」とびっくりして叫びました。

森さんは、「そう、ないんだ。じつは、戦争の起こる理由なんかない。でも、それじゃあ、戦争が起こった時、大人は恥ずかしいから、理由をでっち上げるんだよね。石油とか可哀想な人を助けるとか土地を取り返すとかね。でも、本当の理由はないんだ」と答えました。

「じゃあ、理由もないのに、どうして戦争は始まるんですか？」

子供は不思議そうに聞きました。

「ひとつはっきり分かる理由はね、戦争は、『今やらないと、やられる』って人々が思うから起こるんだよね」

森さんはそう答えました。

僕には、この説明が一番、シンプルで腹に落ちました。

小学生や中学生相手にひいひい言っていると、だんだん、「抽象的な用語や観念的な単語を使わないと戦争は説明できない」ということが分かってきました。

「アジアの解放」とか「民族の防衛」だとか「平和への脅威」なんて言葉は、具体的な事実の積み重ねではなく、事実から抽象した概念なのです。

つまりは、小学生や中学生の思考レベルである限りは、喧嘩《けんか》は起こっても、国家間の戦争なんて起こらないんじゃないかと思えるのです。

森さんと姜さんの二人の対談集『戦争の世紀を超えて』（集英社文庫）でも書かれていますが、戦争は「善意と善意の戦い」なわけです。つまりは、お互いが自分達の行動を善意だと思っているのです。この戦いは必然であり必要があり、それは正当で正義である、と思ってお互いは戦争を起こすのです。

自分の行動が善意であると思えるためには、じつは、抽象的な思考が必要なのです。

終戦から60年が経って、戦争経験者がどんどん、お亡くなりになっています。

あと10年もすれば、僕達は、戦争の歴史を捏造《ねつぞう》するしかなくなるのでしょう。

かつて、戦争の善意の部分の正当性を主張しようとする人々に対して、戦争経験者は、「お前は人を殺したことがあるのか？　人殺しになんの正当性もない」という〞具体的な感覚〟で反論しました。戦争とは「国のために死ぬこと」ではなく、「国のために人を殺すこと」だからです。

そして、善意をめぐる抽象的な思考は、この具体的な感覚の前に、沈黙するしかなかったのです。

街角のインタビューで、老婆が「あんな思いは二度と嫌です。どんな戦争でもごめんです」と身体感覚から滲《にじ》み出た言葉を語れば、抽象的思考は敗北するのです。

僕が子供の頃、中年のオヤジが集まり、酔いにまかせて軍隊自慢をする現場を何度か目撃しました。遠回しの言い方でしたが、それは、結果的には、殺戮《さつりく》の自慢でした。

子供心に、その姿は醜《みにく》いと感じました。現地の人をバカにし、暴力を誇る姿は、具体的に戦争に対する嫌悪感を生みました。

それはどんな抽象的な反戦の言葉より雄弁な具体的な感覚でした。

けれど、もうすぐ、〝具体的な感覚〟を持った人達がいなくなります。そして〝抽象的な思考〟で戦争を語る世代だけになります。

その思考が純化された時、とてもヤバイことが起こると僕は思っているのです。

（２００５年８月）

## 「笑い」とは何か

「笑い」とは何か、ということを考えたことはありませんか？

僕はずっと考えています。

「笑い」は性的緊張からの解放として起こると言ったのはフロイトさんです。もっとも、フロイトさんは、「笑い」をウィットとかユーモアとかのいくつかのパターンに分けています。

ベルクソンさんという人やマラルメさんという人も、「笑い」について、いろいろ言っていて、秩序から無秩序へ放りこまれた瞬間、人は笑うとか、死を意識した瞬間、人は笑うとかいろんな人がいろんな事を言っています。

で、僕はどう考えているかというと、「シェーマのズレ」が「笑い」だと思っています。シェーマというのは、「構図」ということです。

人は自分の持っている構図からズレたものを見たり、体験したりした時に、笑うと説明しています。

例えば、バナナの皮ですべるコントを笑う子供は、人はバナナの皮ですべらないという「構図」を持っているからです。大人は、バナナの皮ですべる人を見ても、そういうことはあるという「構図」を持っていますから、「構図」からズレることはなく、笑いは起こらないのです。

テレビで、妙な格好でひょこひょこ歩くコメディアンを見て若い女性が大笑いするのは、人は普通はこういう格好で歩くという「構図」を持っていて、それからズレるから笑うのです。

大人は、ひょこひょこ歩く人を見ても、人はああいう歩き方もするという大きな「構図」を持っているから、ズレることはなく、笑いは起こらないのです。

ですから、「笑い」は知性や感性と密着な関係があると思っています。

例えば、アメリカン・ジョークで「大統領がこう言いました。『私は、人種差別とニグロが大嫌いだ』」というのがあります。

このジョークに反応できるかどうかというのは、少しは、アメリカの人種差別の状況やワスプ（WASP。白人のアングロ・サクソンのプロテスタント）の情報、歴代の白人大統領のイメージがあるかどうかが関係します。

南米の貧しい国にやってきたアメリカ大統領に対する反米デモで、「ヤンキー・ゴー・ホーム」だの「ゴー・バック・ツー・アメリカ」だのプラカードが林立する中で、一枚、「ウィズ・ミー」と書いたプラカードがあったという秀逸なギャグも、反応するためには、確実な知性が必要になります。

つまり、まず、ある一定の知性という構図があって、それからズレるから、笑いが起こるのです。

この「ウィズ・ミー」を、いったい、どこが面白いの？　と今、きょとんとしている人もいるでしょう。それは、このギャグがズレるための知性の構図がないのです。だから、おかしくもなんともないのです。

逆に、「フトンがふっ飛んだあ！」というギャグ（？）は、誰でも持っている構図を前提としています。子供は、フトンがふっ飛ぶという言葉遊びの構図がありませんから、これだけで、喜びます。大人は、もうひとつの大きな構図、フトンがふっ飛ぶだけじゃなくて、ハトがなんか落としたよ、ふ〜ん、隣の空き地に塀ができたって、かっこいい〜、まで知ってますから、構図からズレることなく、おかしくもなんともないのです。

ですから、箸が転んでも笑うというのは、その人の持っている構図が、とても狭いという証拠なのです。構図が狭いから、どんなものでも、自分の構図からズレて、笑えるのです。

若い女性は簡単に笑うと一般的に思われていますが、彼女達は、恋愛関係のコントや女友達同士のコントではそんなに笑いません。それは、そのことだけは、考えに考え続けているからです。だから、大きな構図を持っていて、簡単にはズレないのです。

ですから、本当の笑いは、その人の構図、つまり、世界観や人生観そのものを揺さぶる力を持っています。

村松友視《むらまつともみ》さんから聞いた話ですが、町内会のバス旅行に、一人住まいのお妾《めかけ》さんが参加した時のことです。周りはみんな、あの人、お妾さんなのよと知っていましたが、黙っていました。昼食の後、バスが休憩所を出るという時、バスガイドさんが、「(バスのナンバーが) 2号の人は、こっちです!」と叫ぶと、そのお妾さんは、「あら、どうして私のことを知ってるのかしら」と言ったそうです。このお妾さんの人生に対するセンスには頭が下がります。きっと、素敵な人なんでしょう(もちろん、お妾さんは、ボケてるんじゃなくて、分かって言ってたわけです)。ね、こうやって堂々と言い放つと、陰でこそこそと噂話をしていた自分が情けなくなるでしょう。

ギャグひとつで、人生を変えることができるのです。

無秩序に放りこまれた時に人は笑うという言い方も、性的緊張からの解放のために笑うというのも、説明としては、近いものがあります。「ウィズ・ミー」というプラカードは、秩序を破壊します。無秩序がぽっかりと出現します。その時、人は笑うのです。

しかし、「構図のズレ」と説明する方が、汎用性があると僕は思います。

というようなことを、僕は、10年前から、ことあるごとに書いてきました。が、じつは、どうしてもひとつ説明のつかない事例があったのです。僕は、その事をずっと黙ってきました。誰も指摘しなかったので、黙ってたのですが、ずっと考えてきました。

それは、新興宗教の人は、どうして、微笑《ほほえ》んでいるのかということです。最近、あることがきっかけで、そのメカニズムが分かったのです。

「構図（シェーマ）」とは、その人の持っている世界観、考え方、感じ方、のようなものです。

つまりまあ、世の中とはこんなもんで、人間てのはこんなもんよと、その人が意図的にも無意識的にも思っているルールみたいなものですね。

そこからズレたものを見たり経験した時、人は笑うと考えられるのです。

この考え方で、ほとんどの笑いは説明がつくのです。なおかつ、だからこそ、「笑い」は、その人の世界観自体を揺さぶり、変容させる力を持つのです。

だって、笑うことによって、自分の持っている構図がはっきりと見えて来ますからね。自分には全然面白くないのに、友達が笑い転げているのを見て、どうしてなんだろうと知りたくなるでしょう。で、理由を聞くと、ほおと納得することもあれば、ええっと反発する時もあります。でも、それによって、人は、自分が無意識に持っている構図に気づくのです。あ、もちろん、そんなことは気づかないで笑って終わったり、くだらないっと怒って終わる人もいっぱいいますが、それはまぁ、人生ってやつですかね。

で、しかし、この理論で説明できなかった「新興宗教の人は何故微笑むのか？」という疑問が出てくるのです。

もっとも、「新興宗教の人」だけではなく、例えば、「親しい友達といると」とか「恋人の間では」とか「部活仲間だと」とか「陰謀論を信じる仲間同士」とかも同じことです。

あなたにも経験があるでしょう。親しい友達といると、なにげない言葉とか動きで大笑いしてしまうことが。普段だったら、何にもおかしくないのに、恋人同士だったり、親しい友達だったりすると、むしょうにおかしくて大笑いしたことが。「新興宗教の人」と書いたのは、それが、一番、極端に表れるだろうと考えたからです。

例えば、あなたが新興宗教の信者だとします。新しい人が入信するというので、みんなで歓迎パーティーを開くことにしました。やっぱ、めでたい時にはチョウチンだなあという意見で、みんなで、チョウチンを作って、赤く塗ることにしました。良夫クンが張り切りすぎて、鼻の頭に、赤い絵の具をつけています。が、良夫クンは気づきません。小百合サンが見つけて、みんなに言いました。みんな、大笑い。あなたも、お腹が痛くなるぐらい笑いました。普段だったら、何でもないことなのに。

これは、「笑い」の水準としては、かなりの低ランクです。小学校の習字の時間に、「希望」と書かずに、「勝訴」と書いた紙を持って、授業中に教室を飛び出すという体を張った「笑い」に比べたら、低ランクです。が、信者であるあなたは、確実に大笑いしたはずです。何故でしょう。

という疑問が、精神科医の香山《かやま》リカさんと、『イマーゴ』という雑誌で対談した結果、やっと、氷解しました。

まず、香山さんは、精神科医の立場から、「空笑《くうしょう》」という症状の存在を教えてくれました。これは、本人は少しも笑っているとは思ってないのに、顔が笑っているように見える場合のことです。

この場合は、まず、例外と考えられます。精神病理ですから、「笑い」とは違います。香山さんと、どうして笑うんでしょうねと話していると、子供は、赤い絵の具が鼻についたら笑いますよねと、香山さんはおっしゃいました。

例えば、幼稚園児は、お絵かきの時間に、絵の具がつくと笑います。子供ですから、絵の具が鼻の頭につくなんていう現実があるとは思えないから（つまり、子供の持っている「構図」からズレるから）、笑うわけです。大人は、絵の具が、鼻の頭につくことはあるし、ついたとしても、すぐに拭けば取れると分かっていますから（つまり、大人の「構図」からズレませんから）笑いません。いろいろと知恵がつき、人生を経験して、大人の「構図」は出来上がるわけですから、鼻に絵の具ぐらいじゃ、おかしくないわけです。

一方、「新興宗教の人」は、教組を信じているんですよねと、香山さんは言いました。とすると、と考えた瞬間、はたとひらめきました。

「新興宗教の人」は、教祖を信じることにより、大人になる過程で作り上げた「構図」を放棄しているということじゃないか。そこまで極端でなくとも、「親しい友達」や「部活仲間」や「恋人」の間にいる時、僕達は、共同の価値観の中で安心し、この現実を生きるために身につけたさまざまな個人的な知恵＝「構図」を手放し、結果的に、子供の「構図」の状態になっているのじゃないか。

もちろん、「構図」そのものをなくすことは不可能ですから、幼稚園児の「構図」の状態、つまり、「原・構図」になるからこそ、鼻に絵の具の状態で大笑いできるのじゃないか。

人は、場合によって、この「原・構図」状態になり、その時は、普段、ズレないものがズレ、笑うのではないか。

そうすると、徹夜明けの妙に陽気な状態というのも、疲労によって批判精神が消え、「原・構図」状態になったということで説明がつくんじゃないのか。

と、ひらめいたのです。

これは、自分で言うのもなんですが、凄い考え方だぞ。たいしたもんだぞ。世界的に、誰も言ってないぞ。そのうち、英語の論文にして発表しようと決意したのでした。まる。

（1995年5月）

## あなたは「マインドコントロール」されてないか？

**1995年3月20日、14名の死者を出す地下鉄サリン事件が発生。2日後、事件を起こしたオウム真理教の活動拠点である山梨県上九一色村《かみくいしき》（当時）へ強制捜査が入る。そして5月16日、教祖麻原彰晃《あさはらしょうこう》を逮捕。この間、メディアでは連日のようにオウム事件の報道が溢《あふ》れた。**

本当は、あんまり、書きたくないのです。だって、いろんな人がいろんな分析をしていて、じつは、どれも当たっているような気がして、しかし、どれも当たってないような気がするからです。信じられない犯罪のことではありません。現在、明らかになりつつある犯罪は、事実の範囲ですから、分析をするもなにもないのです。

そうではなくて、「なぜ、オウム真理教というものが成立したか？」という分析を、人々は語ろうとしているわけで、しかし、僕は、どうも気が進まないのです。

理由は分かっています。

彼らは「マインドコントロール」されたから、という理由は、とても分かりやすいですが、じゃあ、僕達は、「マインドコントロール」されてないのかという苦い疑問が起こってくるからです。

ある週刊誌で、オウム特集のグラビアの次に、新入社員の新人研修の写真が載っていました。それは、ある大手の企業の新入社員が大勢、フンドシひとつで、ハチマキをしめて、川につかっている写真でした。

そうすることで、「団結心」や「根性」や社会で通用する「強さ」をやしなうと写真のキャプションは語っていました。そして、参加者達は、「学生気分がぬけた」とか「自分の人生は甘かった」とか「会社の厳しさを感じました」とか言うのです。

これを「マインドコントロール」と言わずして、なにを言うのでしょう。

その週刊誌が、このことを理解して、オウムのグラビアの次に続けたとしたら、最高のジョークですが、どうも、そうではないようでした。

僕は、数年前、『サザン・ウィンズ』という映画を撮ったのですが、それは、大手の企業で繰り広げられている「新入社員運動会」を舞台にしました。調べてみると、大手の企業のかなりにこの習慣があり、なおかつ、この新入社員運動会での働きがのちのち、人事の考査に影響を与えるというのが分かりました。出世コースとしては、応援団長として社員を取りまとめるとか、運営委員としてばりばりと進行をこなすとかのパターンです。そして、巧妙に「マインドコントロール」を隠すために、毎年、新入社員の「発案」という形で、この伝統は続いていました。毎年、新入社員が、去年もしたから今年もぜひ、自分達が団結するために、会社に要求するというのです。

たちの悪いジョークです。

学校の校則だってそうです。ソックスのワンポイントはオッケーだけど、ツーポイントはだめ、というのは、普通にある校則です。田舎では、未だに、ワンポイントもだめな所があります。

で、ブランドのマークと文字で、ツーポイントとみなすか、ワンセットだから、ワンポイントと考えるかというのは、教育の現場で当たり前に大真面目に議論されていることです。

このばかばかしさを納得するのは、「マインドコントロール」しかありません。「マインドコントロール」された生徒だけが、この校則に疑問をはさまないのです。

「マインドコントロール」が、あきらかに不合理なものを、何の疑問も持たずに納得し、受け入れることだとすれば、僕達は、どんな「マインドコントロール」も受け入れる訓練をされていると言えます。いえ、もう、「マインドコントロール」されていて、ただ、オウムの「マインドコントロール」に反発しているだけということになります。

外国のカルトには、低学歴の人が集まり、オウムには高学歴の人間が集まったというのも、僕は、学校の「マインドコントロール」の続きだと思っています。

僕は以前、大学生に対して、「授業に出ちゃだめ！」と書いたことがありますが、ダンス・パーティーまでやって、入試では面接や小論文が重く見られるアメリカの高校生と、無意味で不合理な校則を押しつけられて入試のための暗記を続けた日本の高校生では、「マインドコントロール」への抵抗度が、全く違うでしょう。

だから、悲しいことですが、僕は、オウムのような「マインドコントロール」する集団が、また、日本では出てくると思います。学校でも会社でも、「マインドコントロール」に抵抗をみせる人間に、「団結心がない」とか「クラスの和をみだす」とか「本気でやれよ」とか「一人だけ、はしゃいでんじゃないよ」とか言われる現状なのです。

僕達は、小さい時から、不合理で納得できないものを納得し、受け入れ、称賛する訓練を受けているのです。

僕がオウムについて書くのに気がすすまないと思うのは、僕だって、出会いによっては、末端の信者として、簡単に「マインドコントロール」されていたかもしれないと思うからです。だって、不合理なことから不合理へと進むのは、簡単なことなのです。

では、なぜ、「マインドコントロール」された人間が、犯罪に走るのかという問題ですが、これを書くのも、また、気がすすみません。

が、あえて書くと、強引な「マインドコントロール」を持った組織とは、そういうものだとしか言いようがないのです。僕の友人の教師で、文部省のいじめの実態調査で、何人いじめられているのかを報告しろと言われて、一人もいないのは変だと、一人と報告したら、その学校全体で、彼のクラスの一名だけだったということがあったそうです。

人は、「マインドコントロール」が強ければ強いほど、現実を、自分が「マインドコントロール」された風に変えようとします。

そうしなければ、自分が存在しなくなるからです。

（1995年6月）

## 連合赤軍事件とは何だったのか

1972年2月19日、長野県の浅間山荘に、新左翼組織の連合赤軍のメンバー5人が人質をとり立てこもった「あさま山荘事件」。10日目の28日に警官隊の突入でメンバーは全員逮捕されたが、その間2人の警察官と1人の民間人が死亡した。警官隊との攻防は連日テレビで報道され、日本中の関心を集めた。しかしその後、世間を驚愕させたのは、彼らが71年年末からあさま山荘事件を起こすまでの間、山中の「山岳ベース」で仲間12人を集団リンチによって殺害していたということだった。

僕がその昔、22歳で「第三舞台」という劇団を作って、まがりなりにも20年ほどうまく行ったのは、じつは、1971年から72年にかけて起こった連合赤軍の事件が反面教師になっていたからでした。

ネット右翼のみなさんの中では、おいらはもう左翼か新左翼に分類されていますが、左翼がマルクス主義者であるという意味なら、僕は左翼ではありません。

ただ、国家とか国民の責任とかを熱く語る人間には、どうしてもうさん臭さを感じてしまうのです。

で、その熱さに対するうさん臭さは、じつは、左翼と呼ばれる人たちにも同じように感じるのです。

連合赤軍がどうして、あんな悲惨な同志殺しを続けたのか、いろんなことを言われています。リーダーの一人である永田洋子《ながたひろこ》の人間性のせいにしたり、スターリニズムという論理のせいにしたり、マルクス主義というイデオロギーのせいにしたり、いろんな理由が言われています。

で、僕は、高校時代からずっとその理由を知りたくて、関連書籍を読み続けてきました。

愛と平和と反戦を目指して戦い始めた人たちが、どうして、同志を十何人も殺すことになったのか。

そういえば、拙著・小説版『僕たちの好きだった革命』（角川学芸出版）の書評で「60年代の学生運動の最も良質な部分を描き」という表現がありました。なるほどと思いました。それでいえば、連合赤軍事件は70年代の学生運動の最も悪質な部分となります。

で、20代前半の僕が出した同志殺しの理由は「人間には、常に目的が必要で、目的がない時は、人間は強引に目的をひねり出す」というものでした。今でも、この分析はあんまり変わっていません。

革命を目指したのに、警察に囲まれて、なにもできなくなった。ただ、エネルギーだけが蔓延《まんえん》する集団で、自分を維持し、集団であり続けるためには、目的が必要となる。外部に目的を見つけられない時、内部に見つけざるを得ない。根本の構図はこれだと僕は思いました（二つの組織をまとめなければいけないという切迫した理由や、銃と爆弾そして理論によって暴力がすぐ側にあった、などがサイドストーリーですが）。

集団を維持し、集団のエネルギーを持続し、増大させるためには、内部に目的を作ることは、時には必要な政治的技術です。

もともと、集団は、外部に目的を見つけて集まるものです。外部の目的に対して働きかけることで結果を出せば、集団は、自然に維持され、発展していきます。が、集団を続けていくと、結果を出せない時期とぶつかることもあるのです。

具体的にいえば、会社の売り上げが伸びている限りは、レストランのお客さんが増えている限りは、内部に目的を強引に作る必要なんてないのです。が、売り上げが落ち、お客さんが減った時、犯人探しという内部の目的が生まれるのです。

劇団を作る時、僕は「お客さんが増えない時期が来ても、内部の誰かのせいにしたり、精神状態を目標にしないようにしよう」と固く決意しました。

　連合赤軍では、繰り返し、「自己を共産主義化しろ！」と迫られます。お前は革命的人間になっていない。精神がたるんでいる。共産主義的人間に生まれ変われと迫られるのです。が、目に見えない「共産主義化」は、具体的に示すことはできません。何をしても違うと言われる可能性はいつもあるのです。精神状態という目に見えないものは、どこまでも攻撃できるのです。それが同志殺しを準備しました。

　この「共産主義化」という言葉を聞くといつも思い出すのは、昭和19年1月の戦時議会での東條英機首相の演説です。

「申すまでもなく、戦争は、畢竟《ひっきょう》、意志と意志との戦いであります。……最後の勝利は、あくまでも、最後の勝利を固く信じて、闘志を持続したものに帰するものであります」

「軍国主義化」や「精神力」もまた、目に見えないものです。ですから、どこまでも相手に要求できるのです。

　こんな無茶な演説を大人の首相がして、大人の議員が真面目に聞いていたと考えると、その当時、日本全体が連合赤軍の山岳アジトになっていたんだと思います。

　僕の演出助手をしていた男が、演出家として一本立ちした後、しばらくして僕にしみじみと「鴻上さん、演劇って人が死ぬメディアですよね」と言いました。

なんのことかと聞けば、集団で1ヵ月以上濃密な時間をともに過ごす演劇は、気をつけないと、人を簡単に追い込んでしまうし、人を深く傷つけてしまうとあらためて気付いたというのです。

けれどそれは、演劇だけのことではないでしょう。過労死や30代でうつ病になるビジネスマンは、濃密な時間を会社で過ごしていて、目に見えない何かを求められ、責められた結果なんじゃないかと思います。

いつも結果が出て、外部に目的が見つけられれば問題はないのです。が、成長だけを続ける会社なんてないだろうと思います。必ず、結果を出せない時期が来て、犯人探しや社員の「精神力」を問題にしたくなる時期が来るのです。

けれど、「お前はやる気があるのか?」と目に見えないものを問い詰めてはいけないのです。せめて、「今日は、何ヵ所回った?」ですが、それも、「一日に500ヵ所回れ!」となれば、それは、目に見えない不可能を語っていることになるのです。僕にとって、連合赤軍が残した教訓は、そういうことなのです。


（2008年4月）

# 3　からだを意識する

## ことばがひらかれるとき

日本演出者協会というのがありまして、おいらは、何にもやってないのに、理事になってます。

そこで「世紀末、演劇による癒《いや》しは可能か？」という物凄いタイトルの集まりがありました。ふだん、何にもやってない罪滅ぼしにシンポジウムに出席させてもらってきました。

そのシンポジウムでは、以前からずっと会いたいと思っていた、竹内敏晴《たけうちとしはる》さん（1925～2009年）にお会いすることができました。

竹内敏晴さんは、名著『ことばが劈《ひら》かれるとき』（ちくま文庫）を書かれた方です。竹内さんは、ワークショップのワの字も、癒《いや》しのいの字も流行ってない時代から、ずっと、身体とことばと治癒と、つまりまあ、人間が生きていく上で不可欠なものたちと格闘してきている人です。

お年を伺うと、71歳とお答えになられました。

もう、40年以上、ことばや身体と格闘し続けていらっしゃるわけです。

『ことばが劈《ひら》かれるとき』は、名著です。どれぐらい名著かと言うと、人間とかかわる仕事をしている人すべての必読の書と言っていいぐらい名著です。

俳優や演出家、ディレクター、監督は言うに及ばず、教師や医者、部下を持つサラリーマン、つまりまあ、ほとんどの職業の方に、何らかの形で、必ず、役に立つ本なのです。

最近は、いじめに苦しむ教師の方に、ワークショップに呼ばれるんですよと、竹内さんは語られました。

そこで、何を話されるんですかと伺えば、「教師のみなさんは、一生懸命なんですね。でも、一生懸命だと、何も見えないんですよ。よく見るためには、集中しないとだめなんです。一生懸命と集中は、違うんですよ」

と、答えられました。

シンポジウムでは、話題はそこから別な所に移ってしまったのですが、たぶん、集中するとは、リラックスすることなのでしょう。

集中すると見えてくるというのは、僕なりに解釈すると、こういうことです。

たとえば、ワークショップをやっていると、ある特定のセリフだけが、うまくしゃべれない人に会います。他のセリフは、ペラペラとしゃべれるのに、あるセリフだけはできない。

即興の演技でも同じです。たいていのシチュエーションは、うまくこなせられるのに、あるシチュエーションだけは、ギクシャクして続かない。

そういう時、深く集中していると、その人が抱えているある問題が見えてきます。もちろん、その問題を掘り下げるか、通り過ぎるかは、いろいろですが、とにかく見えてきます。しかし、参加者みんながリラックスしてなくて、ただ一生懸命なだけだと、何も見えないままワークショップは終わるのです。

一生懸命がんばってしまいそうな時には、これまた、僕なりの方法ですが、ゆっくりとした深呼吸がけっこう効きます。だいたい、一生懸命の時は、呼吸は浅くて速いですからね。ゆっくりと吸って、さらにゆっくりと吐いているうちに、集中して、何かが見えてきます。

一生懸命がんばってしまう人は、体も固いんじゃないかと、僕は最近、思っています。相手の言葉を深く受け止めるためには、柔らかな体をしていないとだめなんじゃないかということです。

だって、僕達は、嫌な人や嫌なことに直面すると、体が強張《こわば》るでしょう。体が固いってことは、ずっとその状態だということなんじゃないかと思うのです。

リラックスした時は、体は柔らかくなってますからね。呼吸も、とてもゆっくりだし。ほっと安心した時、僕達は、息を優しく吐くでしょう。

どんなに最悪の事態に直面しても、自分がリラックスしている時の身体の状態を覚えていると、けっこう有利です。体を強引に、その状態に持っていくと、心もついてくることがあるのです。

さて、観客からの質問の時間になった時、一人の若い女性が手を挙げました。

彼女はこう言いました。

「お芝居を見に行って、自分の思っていることと同じことが演じられていると、ほっとするんです」

僕は、その言葉を聞いて、反射的に、「そうかなあ？　僕なんか、同じだと、失望するけどなあ。もっと違ったものを見せてくれって」と思いました。

が、彼女は、こう続けました。

「私達は、人と違い過ぎていると、いじめにあうんじゃないかと思ってしまいます。でも、個性っていうのは、人とのズレですから、個性を持つためには、ズレないとしょうがないわけです。だけど、自分のズレ、つまり個性が、いじめにあうような違いなのか不安なんです。だから、お芝居を見て、そこで、自分の感性と同じことが展開されていると、ああ、私の個性は変じゃないんだと安心するんです」

彼女の発言は、こんなにまとまっていませんでしたが、言いたいことは、こういうことだと思いました。

彼女の発言は、ですから、質問というより、独白に近いものでした。

彼女の独白を聞きながら、僕は、とても、悲しい気持ちになっていました。

彼女の気持ちは、痛切に伝わってきました。

しかし、自分の個性のズレを確認しなければ安心しないというメカニズムは、あまりにつらい。

僕達はこんなに不安なのだろうか、と僕はつぶやいていました。いったい、どうしてここまで不安になってしまったんだろうか。人と違うと胸を張り、人と違うようになりたいと思っていたのに、いったいいつから、ある範囲の中でだけ違いたい、その違いは特殊すぎるものではない、と確認する時代になったのだろうかと思っていたのです。

（1996年8月）

## 体と精神の不思議な結びつき

イギリスの演劇学校も2学期の半分が過ぎました。

今、現在の精神状態をポジティブな面から語ると「ま、授業にもだいぶ慣れてきたし、英語は相変わらず分かんないんだけど、大切な所は押さえているし、それでも分かんなければ、つたない英語で何回も質問してるし、ま、いいんじゃない」てな具合になります。

で、これを、ネガティブな面から語ると、「だめだ。先生は、俺の英語が進歩してると思い込んで、1学期以上に指名するし、休み時間になったら、友達同士の速すぎる英語に苦しめられるし、もうだめだあ」となります。

ま、どんなモノにも両面あるわけで、両面のどっちに焦点をあてるかというのは、もう、その人の人間性になったりするわけです。

でまあ、おいらは、自分で言うのもなんですが、風邪をひいている時と恋に迷っている時以外は、周りがあきれるほどポジティブな面しか見ないので、なんとか生きているわけです。

しかしまあ、余裕ができたらできたで困ることもあるのね。

先週、アクロバットの時間のことです。アクロバットたって、宙返りするわけじゃなくて、正しく（？）前転したり側転したり逆立ちしたりする授業です。

で、1学期は必死になってやってたわけです。

ところが、先週、〝斜め後ろ回り〟という肩を使って回る運動をしながら、

「ああ、おれも39歳で、後ろ回りしてるんだなあ。たしかこれ、中学校の時、やったなあ。人の一生は、最後に子供に戻るっていうけど、こういうことじゃないよなあ。39歳で後ろ回りに逆立ちかあ」

なんてノンキなことを考えていたら、これがもうあなた、授業が終わった瞬間から、首が痛いのなんの。

1週間たった今でも、痛みは取れません。

あたしは、体と精神の不思議な結びつきにあらためて驚きましたね。

1学期は、もう、必死で自分の年齢も忘れてやってましたから、痛みなんて全然なかったのですよ。もちろん、筋肉痛にはなりましたが、二、三日もすれば取れるものでした。

ところが、「39歳かあ……」と思った瞬間、体の方が「あれ、そういう考え方、ありな

の？　んじゃ、悪いけど、こっちも疲れさせてもらうよ。その方が楽だからさ」と正直に答えてしまったのです。

自分の体とどううまくつきあうか、というのは、じつは、演劇のひとつの大きなテーマなのですが、「自分の体力を低く見てあきらめる」のも「自分の体力を過信《かしん》して倒れる」のも、どちらも体とうまくつきあってはいないということなのです。

この話は、深く長くなるので今はやめておきますが、とにかく、他人に向かって「もう年なんだから」とかける言葉ほど無意味な言葉はありません。無意味かつ有害さで言えば「がんばってね」という言葉と一、二を争うでしょう。

「もう年なんだから」と言われた人は、その言葉に反発して自分の体と対話することなく無理をしてしまうか、その言葉を完全に信じて体より先に疲れてしまうかです。

「自分の年を考えて」という言葉も同じです。正確には、「自分の体とうまく対話して」です。

ちなみに僕は、「がんばってね」という言葉が出るシチュエイションの時には、「ノンキにね」と言うことにしています。人間はバカではないので、自分が、がんばらなければいけない瞬間は分かっています。その時、「がんばってね」と言葉をかけるのは、プレッシャーを与える意味以外、ありません。

競技や試合はもちろんですが、入院している友人に対する時や、試験に向かう知人に対しての時も同じです。「阪神・淡路大震災」の後もそうでした。

アメリカ英語では、舞台に出ていく俳優に向かって、「ブレイク・ア・レッグ（足を折ってこい）」と声をかけます。

どうしてこう言うのかは諸説《しょせつ》あるのですが、とにかく、「がんばってね」ではなく「足を折ってこい」と言われると、「どんなにヘマをしても、足を折ることはないよな」とリラックスするのです。

さて、今、僕は、首の痛みと戦いながら、来週発表の舞台『YOU NEVER CAN TELL』（バーナード・ショー作）の舞台稽古《げいこ》をしています。

なんと、役がついてしまいました。

これは、2年生のプロジェクトで、1年生の授業の合間に、2年生のプロジェクトをのぞいていたら、いつのまにか、役がついていたのです。

もちろん、台詞《せりふ》は全部、英語です。

で、もちろん、言葉の国イギリスの演劇は甘くはないので、私が美しい英語を話せるわけがないという的確な判断で、〝普通の執事〟の役が〝中国人サーバント（使用人）〟になりました。

これなら、下手な英語をしゃべっていても説明がつきます。配役の発表の時、先生が「この役はショウ」と言うから、「おおっ、バーナード・ショーにやらせるのか⁉　バーナード・ショーが来るのか⁉」と興奮していたら、私のことでした。

（1998年2月）

## 座った体と動いている体

そんなわけで、イギリス人俳優を演出するイギリス版『トランス』のケイコを、ロンドンで続けています。

この原稿を書いている時点で、1週間と3日、たちました。

プロデューサーから、「イギリス人の俳優は鴻上さんを質問責めにしますから覚悟しておいてくださいよ。答えを聞いてからの議論もとことん長いですからね」と脅《おど》されたのですが、最初の4日間で、台本に関する質問・討論は終わってしまって、もう、さくさくと立ち稽古に入っています。

「えっ？　こんなに順調でいいの？」というぐらい、今のところ、順調に行っています。

もちろん、これは、集まってくれた俳優の性格におおいに助けられた結果です。

「分析は早く終わらせて、さっさと動こうよ」とマサ役のスティーブが最初の週で言ってくれました。

ありがたいことです。

演劇を知らない人には、なんのことか分からないでしょうが、これは、頭と身体と表現をめぐる大切な問題なのです。

なんのことかと言うとね――

台本をあなたが受け取ったとしますわな。ケイコ初日、みんなで読み始めます。日本では、この状態を「本読み」と呼んでいます。

で、問題は、何日ぐらい、座《すわ》って「本読み」を続けるかということなのですよ。

中には、4週間のケイコのうち、半分近くを座った「本読み」に使う演出家さんもいます。イギリスだと、3週間、ずっと「本読み」を続ける場合も、珍しくないんだそうです。

3週間、ずっと、セリフの裏の意味やセリフの解釈をえんえんと追求するわけです。

でね、おいらは、通常、1日か2日で「本読み」を終わらせて、とっとと動き始めるわけです。

たいてい、俳優さんはまだセリフを覚えてないので、台本を持ちながら動きます。

それでも、動く方を選ぶのは、「座った体」と「動いている体」では、セリフの感じ方が違うだろうと思っているからです。

僕たちは、自分の想像以上に、じつは自分の体の状態に影響されていると思っています。

僕は演出の時、演出家のくせにジャージに着替えて、演出席に座ります。初めて僕と仕事をする俳優さんは、「一体、鴻上は何をするつもりなんだ？」と驚きますが、僕は、俳優の実感と〝交流〟するためには、自分の体がちゃんと楽になっていなければならないと思っているのです。

んで、ロンドンでもそうしているのですが、ジャージに着替えて、ケイコの始まる前に、ゆっくりとストレッチをするのです、演出家のくせに。

それは、自分の体を解放する手順です。僕が、背広にネクタイをしながら演出をする演出家だったら、間違いなく、出来上がるものは、違うだろうと思います。自分のその時の身体の状態が、作り上げていくものを決定するだろうと思っているのです。

でね、「どうして主人公はこんなことをしたのか？」ってことが分からないとするでしょう。「本読み」を2週間も3週間も続けるってことは、ずっと、「座った状態で感じ続ける」ということです。で、それは、じつは、頭で「考える」ということに近いだろうと思うのです。

でも、立って、本を持ちながらでも動けば、「考える」のではなく「感じる」ことができるようになると、僕は思っているのです。

んでね、イギリスなんかで聞くのは、シェイクスピアの芝居をやるのに、6週間のケイコのうち、5週間「本読み」を続けた、なんていうすさまじい例です。僕なんか、「それは芝居のケイコじゃなくて、大学の授業だろう」と思うのです。

緻密に解釈されて、セリフの裏の裏の意味まで突き止められた、見事な解説であっても、「それは、演劇なのかい？」と思ってしまうのです。

面白いもので、そういう芝居を見ると、「ああ、勉強したなあ」と感じます。「よく分かんなかったけど、面白かったなあ」とか「体がワクワクしたね」なんて感想は、まず浮かびません。「よく分かる話だったなあ」とか「すごく頭を使ったなあ」なんていう感想になるのです。

『ジュラシック・パーク』の第1作の時には、プログラマーを始めとしたコンピューターやCG関係の人たちが、恐竜が飛び越える倒木と同じように組み立てられた障害を、一生懸命飛び越える体験をしました。そうすることで、恐竜の動きを「頭で理解」するのではなく、「体で理解」しようとしたのです。

と書きながら、この前、ある芝居のパンフレットを見ていたら、ある日本人の演出家さんが、「頭で分からないことが、動いて分かるわけがない」と宣言していました。この人は、長い「本読み」で有名な人です。僕は、「ははあ。僕たちみたいな『すぐに動こう派』（？）に対する怒りだな、これは」と思いました。

でも、やっぱり僕は、「座った体」で考えたものは「座った体」に感動を与えることはできても、「動く体」には届きにくいだろうと思っているのです。

「動く体」とは、つまりは「生活する体」です。手足を動かし、うろつき、試行錯誤《さくご》する体です。それは、そういう体で思考しないかぎり、そういう体に届かないと思っているのです。

そんなわけで、ケイコは続いています。英語で頭が爆発しそうですが、なんとか生きのびています。

（2007年5月）

## 画面越しでは難しい、感情やイメージを伝えるということ

２０１９年末に中国武漢市で報告された新型コロナは瞬く間に全世界に感染が拡大した。日本では20年４月に初の緊急事態宣言が発令され、その後同年開催予定だった東京オリンピック・パラリンピックが延期となった。その後感染者の減少、増加を繰り返し、21年１月から二度目の緊急事態宣言、同年４月には三度目の緊急事態宣言を発令した。とくに三度目の宣言は何度も延長を繰り返し、９月末まで続いた。

新型コロナによる二度目の緊急事態宣言が出て、いろんな産業と人達が大変なことになっていますね。

「自粛要請には、充分な休業補償を」って、ずっと言ってます。昨日もテレビを見ていたら、ゲームセンターのオーナーさんが、「20時に閉めろ、でも補償はない」ってどういうことだと怒ってました。

僕は演劇系の大学で教えているのですが、授業もオンラインになりました。

「オンラインで演劇は教えられるんですか？」とよく聞かれますが、理論は教えられて

も、「演技レッスン」の授業はぶっちゃけ、難しいです。だからと言って、やらなければ0なので、なんとか努力します。

「一番大きな声でこのセリフを言ってみよう」なんていう声のレッスンが「君の住んでいる環境で、周りに迷惑がかからない、出せる範囲の音量で言ってみよう」なんてことになるわけです。

話し言葉には、「情報を伝える」と「イメージや感情を伝える」という二つの機能があります。

画面越しの会話では、話し言葉という「情報」はちゃんと伝わります。

でも、「イメージや感情」はなかなか伝わらないのです。

「すっごく良いことを言っているのに、この人、なんかうさんくさい」というのは、ポジティブな「情報」を受け取っても、その人物や言葉から発せられるネガティブな「感情やイメージ」をキャッチした時に起こる感覚です。

ライブパフォーマンスが面白いのは、同じ空間にいることで「感情やイメージ」を丸ごと受け取れるからです。映像では自信満々に見えたアーティストが、ライブで見るとものすごく焦っているのが分かる、なんてことは、普通にあります。

演劇のレッスンで「ムチャクチャ語で話す」というのがあります。

「ムチャクチャ語」というのは、文字通りムチャクチャな言葉で「あるてこつなごげごかだいでいが！」みたいな、猫がキーボード踏んだみたいな言語を喋《しゃべ》るわけです。

でも、言いたいことははっきりしていて、例えば「美味しいラーメンを一緒に食べに行かない？」なんてことです。

大人は、ムチャクチャ語を聞いても、何がしたいのか理解できません。

でも、子供は「なんか、一緒に食べにいこうっていっているみたい」「ラーメン？」とムチャクチャ語でも伝わることがよくあります。

それは、子供の話し言葉が「情報」だけではなく、「感情やイメージ」に満ちているからです。

大人になると、話し言葉はただ言語化した情報を伝えるだけのものになっていきます。

「明日、集合は2時です」とか「レポートは今週金曜までに出してください」とかです。

話し言葉が持つ感情やイメージ（つまりニュアンスということです）がやせ細って、じつに貧しい表現になっていくのです。

でね、Ｚｏｏｍとか映像で話す時は、情報だけが伝わって、感情やイメージはとても伝わりにくいのです。

アメリカの調査会社が2000人にインタビューした所、在宅勤務になって、53％の人が会社との繋がりを感じなくなったと答えました。

言葉がなくても、上司が感謝しているとか満足しているという「感情やイメージ」は対面していると伝わります。

でも、画面ではなかなか伝わりにくいのです。

なので、画面越しの会話の時は、「感情やイメージ」をちゃんと言葉の「情報」として語る必要が出てくるのです。

簡単に言えば、「ありがとう」「感謝している」「助かった」と普段ならあまり言わない人も、ちゃんと言語化した方がいいということです。

そう言えば、ツイッターで、とうとう、Ｚｏｏｍの画面のどっちが上座・下座で、上司はどこに表示してという解説を見ました。

作った人は、ビジネスだからやっているのでしょうが、嘘も百回言えば真実になると言ったナチスのゲッベルスのように、やがて、これが本当だとマウントを取り始める人が生まれるのでしょう。

お葬式のマスクは黒が常識だ、という文章も見つけましたね。
こういう嘘のマナーをでっちあげる人の害悪は本当に大きいと思います。

（2021年1月）

## 4　性の世界は奥が深い

### 突然、国際電話の請求書が送られて来た

以前、伝言ダイヤルというものがあった。１９８６年にＮＴＴ（当時）が始めたサービスで、６桁から10桁のボックス番号＋４桁の暗証番号を入力すると、伝言の録音・再生ができる仕組みになっていた。その後携帯電話、ＳＮＳの普及で利用者は激減し２０１６年にサービスは終了、現在は災害時の緊急用として、災害用伝言ダイヤルのみ存続している。

突然、ＫＤＤ（国際電信電話株式会社・当時）さんから請求書が送られて来ました。

僕は、普段、ＫＤＤさんを使ってないので、不思議だなあと思いながら通信記録を見ました。と、電話した先は、イスラエルとガイアナと書いてありました。

いくら忙しくても、自分が知らないうちに、イスラエルとガイアナに電話してるわけはないので、さっそく、お客様センターに電話しました。と、KDDの担当の方が、言いにくそうに、「お客様、001で始まるエッチな電話をおかけになりませんでしたか？」と答えてくれました。

はたと思い出しました。

先月、芝居の台本のカンヅメになっていた時、気分転換に伝言ダイヤルを聞いていました。♯8501または♯8301で始まるレイのやつです。かつて、一世をふうびしました。今でこそ、エッチなビジネスの吹き溜まりになっていますが、伝言ダイヤルが始まった初期は、孤独なつぶやきの宝庫でした。

今から、7年以上前ですが、さまざまなつぶやきを僕は聞きました。実の兄を好きになってしまった女性が、私はどうしたらいいのと吹き込んで、それを聞いた男達が、真剣に答える伝言が続いたこともありました。妻と離婚しようと思っていると語る男性に、つらいですよと慰《なぐさ》める伝言もありました。

どの伝言も、抱えきれず、誰にも語れず、けれど、胸の内に抑えていれば、張り裂けそうになるぎりぎりで言葉になったという切迫感がありました。伝言を聞いた人達は、僕も含めて、その切迫感に打たれて、真剣に伝言を返したのです。

もちろん、なかには、「35歳の会社社長なんだけど、月30万で若い愛人を募集します」などというふざけた伝言があって、伝言ダイヤルの別の登録番号が吹き込まれていました。僕もヒマなので、その番号に電話すると、会社社長は、用心深い人で、次の登録番号が吹き込まれていました。で、次の番号に電話すると、また、次の登録番号が吹き込まれていて、で、くじけず、また電話すると、さすがに、会社社長は「ここにあなたの電話番号を入れて下さい」と吹き込んでいました。

が、次からの伝言は、すべて男の声で、「金があるからって、ふざけんじゃねーよ！」とか「てめえ、愛人だあ？　ばーか！」とかの伝言だけが続いていました。

伝言ダイヤルのシステムでは、ひとつの登録番号の伝言は、最大10個までしか入りません。会社社長の伝言の後は、9個の罵倒伝言だけでした。

つまり、9人の男達は、僕と同じように、会社社長の伝言を聞いて、別の登録番号に電話して、また、次の登録番号に電話して、また次に電話して、なおかつ、怒りをちゃんと伝言に吹き込んだわけです。9個入れると、一杯になりますから、もし、女の人が伝言を聞いて、ここに吹き込もうとしても、もう伝言は入らないわけです。僕はこの時ほど、

「男の連帯」に感動したことはありませんでした。

かつて、伝言ダイヤルは、時代の底部に確実にアクセスしていたと僕は思っています。どこにも発表できないのだけれど、人々の「本当の声」に溢《あふ》れていたのです。たぶん、今で言えば、インターネットが担うかもしれない役割をすでに担当していたのです。今はもう、かつての面影はありません。女性の感情のない声で、エッチな電話の宣伝だけが続きます。が、僕は、ひょっとしたらと思って、原稿のカンヅメの時は、たまに聞いているのです。

で、話は戻るのですが、そこで、先月、なんだか面白そうなエッチな電話の宣伝を聞いたのです。

確かに、電話番号は、001で始まるものでした。

イスラエルは、001972 56××××、ガイアナは、001592××××だったのです。僕は、驚きながら、KDDの人に「えっ、じゃあ、僕は、イスラエルとガイアナに電話したのですか⁉」と叫んでいました。

「そうです。じつは、最近、お客様のような問い合わせの電話が増えてるんです。雑誌やコミック、新聞でも、この電話番号が紹介されているんです」

「あの、イスラエルやガイアナに、中継ポイントがあって、日本に戻って来てるわけですか？」

「いえ、お客様は、直接、イスラエルに電話したわけです」

ということは、イスラエルにある電話がプルルと鳴ったことになります。しかし、まだよく分かりません。

「でも、なんで、イスラエルやガイアナにある電話に、エッチなテープが吹き込まれているんですか？」

「それが、じつは、私共としても、よく分からないんです。情報料は取ってないんですよ。ただ、国際電話の通話料だけなんですよね。どういうシステムで、儲《もう》けているのか、分からないんです」

はあと答えて、まだ分かりません。

他の有名な番号として、００１３７３で始まるのは、モルドヴァ（！）、００１６８３で始まるのはニウエ（それはどこだ！）だそうです。

ＫＤＤの人も分からないんですから、これ以上聞いても、何にも分からないなと電話を切りました。切って、国際電話の通話料を銀行に振り込みに行きました。

あらためて、エッチな雑誌を見ると、確かに、この番号がごろごろあります。伝言ダイヤルに電話すると、この番号が次々に宣伝されています。なかには、パーティーライン（複数で同時に参加できるシステム）の番号がこれでした。ということは、イスラエルに電話した日本人同士で、「もしもし、ヒマですか？」とやってるわけで、これは膨大な金額になるぞと、ちょっと恐くなりました。が、なんで、こんなシステムにしているんだあ？

イスラエルのビルの片隅にある電話がプルルルと鳴って、日本人の声が響く。そう思うと、妙な旅情をかきたてられますが、結論としては、あなたも気をつけてね。うん。

（1998年7月）

# 君は美人のお姉さんのウンチを見たか？

子供の頃、夏になると母親の里に泊まりに行っていました。

母親の里は、四国山脈の山奥で、十何軒かの集落がひっそりと集まった小さな村でした。

子供には、自然に溢《あふ》れた最高の場所で、川で泳ぎ、畑でとれたスイカを食べ、木に登り、それこそ〝理想的な田舎〟でした。

問題は、トイレでした。それは、汲《く》み取り式でしたが、なぜか、汚い話ですが、表面が固くなっていました。

つまり、本当に汚い話ですが、自分のしたものが液体の中に沈み込むのではなく、固い表面の上に残る形のものでした。

なんで、そんなことになっているのか、全く分かりませんでしたが、とにかく、和式の便器にまたがり、ウンチを終えて下を見ると、今まさに自分が出したものが、これまた本当に汚い話ですが、２メートルぐらい下にある表面の上にちゃんと残っていたのです。

そんなもの、あんまり見たくないのですが、しかし、なんとなく足元に広がる空間に心がひかれて（？）ついつい見てしまい、激しく後悔したりしました。

で、この母親の里には、従姉妹《いとこ》のお姉さんがいました。これが美人のお姉さんで、小学生だった僕は、ものすごく憧《あこが》れていました。その当時、お姉さんは、18歳ぐらいで、それはもう、小学生からすると、目を合わせるだけでもドキドキするぐらいの存在でした。

ある日、トイレに行こうと母屋《おもや》を出ました。田舎のトイレ（ま、便所と言った方がぴったりですが）は、少し離れた所にありました。トイレに行く時は、靴をはいていかないといけないのです。

靴をはき、トイレに向かうと、トイレのドアが開き、美人のお姉さんが出てきました。お姉さんはにっこりと僕に微笑《ほほえ》みかけました。

僕はもう、ドキドキしながら微笑みを返しました。そして、トイレに入りました。

ズボンを下ろす前に、なにげなく、和式便器の下に広がる空間に目をやって、はっとしました。汚い話で申し訳ないのですが、2メートルほど下にある固い表面の上、和式便器の空間の真下に、盛り上がった新しいウンチとちり紙があったのです。ウンチは、今まさに出されたように、かすかな湯気《ゆげ》を立てていました。

それは、認めたくはなかったのですが、あらゆる状況証拠からして、美人のお姉さんが出したウンチでした。

僕は小学校3年生にして、美人のお姉さんのウンチを見てしまったのです。

「あんなきれいなお姉さんが、こんなウンチをするんだ」

僕は、ズボンを下ろしたまま、しばらく気絶していました。いえ、時間が止まったまま、呆然《ぼうぜん》としていました。

正気に戻った僕は、呟《つぶや》きました。

「見たくなかった。見たくなかった。でも、見てしまった。僕は見てしまった！　僕は見てしまった！」

僕が、思春期、女性に対する幻想に対して、一歩冷静に引いて見ることができたのは、間違いなく、この「美人のお姉さんのウンチ」を見てしまった結果だと思っています。

大人になった時、僕は、自分の彼女のパンティーについているウンチを見て急に嫌いになったという僕の友人に、「だって急にエッチしようと思ったのは、お前じゃねえかよ、相手だって、まさかそんなことになると思ってなかったからウンチのついたパンティーはいてたんだよ、今日そういうことになると思ってたらちゃんとしたパンティーはいてたよ、つまり、お前が急に欲情したのが問題なのに、なんで、パンティーにウンチがついてただけで相手を嫌いになって、付き合いを終わらせるんだよ、もとはと言えばお前の欲情がすべて悪いんじゃねえか、それなのに彼女を〝ウンチパンツ女〟って言いながら捨てるなんて、お前は、極悪非道《ごくあくひどう》の人間だな！」という突っ込みができるぐらい、自分の彼女のパンツにウンチがついていても平気なたくましい男性になったのです。

それは、小学生の時、トイレでズボンを上げながら、「見てしまった僕は、この後、お姉さんにドキドキできるか？」という自問自答の結果でした。そして、結論は、「できる」でした。

「だって人は誰でもウンチするんだもん。ウンチをする以上、そのウンチを目撃することもあるだろう。ウンチを含めて、相手を愛さないと、それは愛じゃないんだ。ウンチから目をそらしてはいけないんだ」

という小学生なりの決意でした。

そしてもうひとつ、「あんなきれいなお姉さんでも、こんなウンチをするんだ。ウンチという視点で見れば、人は美人も醜女《しこめ》も美男も醜男《ぶおとこ》も同じなんだ。人は、ウンチにおいて等しく同じなんだ。そう、人はウンチをする存在なんだ。人はウンチをする限り、等しく生かされており、差別はないんだ。人は、ウンチを通じて許し合えるんだ」という宗教的（?）理解でした。

そして、「人は、他人のウンチを見ることが必要なんじゃないだろうか?」という思考にまで発展したのです。

しかし、僕が成長するにつれて、水洗トイレの時代に突入しました。人は他人のウンチを見ることがまったくなくなっていきました。

他人のウンチを想像するイマジネーションを僕達は失ったのです。人のウンチを見ることができれば、ストーカーもなくなるんじゃないかとさえ思います。

こんな話をしていたら、ある女性は、

「いつも自分のウンチしか見てないから、自分だけが、こんな汚いモノを出していると思っちゃうんです。きっと他の人はこんなに汚くないんじゃないかって、自分でも変だと思うんですけどね」

と哀しい目をしました。

君は美人のお姉さんのウンチを見たか?

（2002年1月）

## 性の世界は深くて奥深いのである

六本木に「金魚」というショウパブがありまして、ショウの最中に雨は降るわ、雪は降るわ、フライングはあるわで、舞台装置を含めて、日本一派手なショウパブだと思っているのですが、去年の暮れにおじゃました時のことです。

僕はもう、10年以上前から行っているのですが、ああ、今回もいいショウだったなあと余韻《よいん》にひたっていると、それは綺麗《きれい》なニューハーフのお姉さまが近寄ってきました。

「私、男だった時に、鴻上さんのお芝居のオーディションを受けたこと、あるんですよ」

お姉さまは、長い髪を揺らしながら、艶然《えんぜん》と微笑みました。

「そうですか。ありがとうございます。女役のオーディションを受けたんですか？」

「いえ、あたし、おかまだったから、男役ですよ」

お姉さまは、恥ずかしそうに答えました。

「ええっ!?」

おいらは驚きのあまり、座っていた椅子からお尻が15㎝ぐらい浮きました。

今は、はるな愛さんや椿姫彩菜《つばきあやな》（現・椿彩奈）さんで有名になりましたが、性同一性障害に興味がある人なら、トランスジェンダーとホモセクシュアルはまったく違うことは知っているでしょう。

この前、テレビを見ていたら、「あたしたち、女子はあ〜」と話していたゲイのタレントさんに、椿姫さんが「女子じゃないじゃない」と突っ込んでいました。

バラエティー番組で、なんという深い突っ込みなんだと、おもわず、唸《うな》りました。

そのタレントさんは、ホモセクシュアルで、自分は男性という意識で男性を好きになっているわけです。で、トランスジェンダーの椿姫さんは、自分が女性という意識で、男性を好きになっているわけです。

ホモセクシュアルの人は、自分のことを男性だと思っていますから、たとえおネエ言葉を使っても、チンポコを切るつもりもないし、おっぱいを創るつもりもありません。たとえ、どんなにおネエ言葉を使っていても、それは、「男として、女性っぽい意識で抱かれている」ということであって、「女性そのものとして抱かれている」わけではないわけです。

性同一性障害で体の性が男で心の性が女の人と、ホモセクシュアルの人の間には、同じおネエ言葉を使っていても、日本海溝のように深い溝があるはずだと思っていたのです。なのに、年の暮れ、「金魚」で出会ったニューハーフのお姉さまは、以前はおかまだったと言うのです。

「そんなことがあるんですか⁉」

僕はお尻が15㎝浮いたまま、お姉さまの顔を見ました。

「あったのよ。びっくりよねえ。あたしがそうなんだから」

お姉さまも、驚いた顔を見せました。

「いつからなんですか？」

「1年ほど前に女になったの」

「い、1年前⁉」

「もちろん、生まれてずっとホモセクシュアルだったのね。好きになるのは小さい時から男の人だからね。で、『金魚』でもう、10年近く、男として踊ってたの。でも、やっぱり、ニューハーフのほうがウケがいいのよ。ショウが終わってお客さんと接しても、『ニューハーフを呼べ』って言われるし。だから、ニューハーフはいいなあって思ってたのね」

「それが動機なんですか？」

「ううん。そんなことだけで、体まで変えないわよ」

「じゃあ？」

「同じ楽屋の人がニューハーフの人なのね。で、毎日、一緒にメイクとかしているうちに、ニューハーフって、いいんじゃないかって思うようになったの」

「いいんじゃないか……」

「なんなのかしらねえ。そうなってもいいって自然に思えるようになったのね。そう思ったら、あたしもせっかちだからさ。すぐに胸入れて、それから、下も取っちゃったの」

「後悔はないんですか？」

「それが、まったくないのね。ニューハーフがあってるの。じゃあ、今まで、30年以上生きてきたホモセクシュアルの自分はなんだったのかと思うんだけど、今の自分が自然に思えるんだから、自分でもいいかなって」

お姉さまは、満足そうに微笑みました。

「ちょこちょこ、お店を休ませてもらいながら手術したから、お店の人も驚いちゃってね。男がいきなり女になっちゃったんだからね。彼も驚いたし」

「か、彼⁉　今、彼っておっしゃいました⁉　恋人ってことですか？」

「そうなのよ。もうずっと一緒に住んでる彼がいてさ。彼にも話したんだけど、ニューハーフになるっていうことを受け入れてくれたの。でも、セックスはダメだったの。彼はトライしてくれたんだけど、もう、おっぱいを見た時点で立たないのよね。でも、私を愛してくれているの」

お姉さまは、そう言いながら、名刺を取り出しました。

「私のこと、エッセーに書くなら、名前も入れてね」

「え⁉　名前を出していいんですか？」

「いいの、いいの。花蓮《かれん》です。自分でも自分の人生、不思議だなって思うのね。でも、同じ楽屋のニューハーフの人が海外の人で物凄くポジティブなの。一回しかない自分の人生だから、自分の思い通りに生きなさいって毎日言われてたら勇気わいてきて」

「あの、親には？」

「それがさ、ホモセクシュアルだって言ってないのに、ニューハーフになっちゃったから、ますます、言えなくてさ。正月に帰るのか？　って聞かれてるの」

花蓮さんは、楽しそうに困った顔をしました。性の世界は、深くて複雑だあとあらためて、かみしめました。

でも、本人の満足が一番、なんですよね。それにしても、びっくりしました。

（2008年12月）

## 「ただしイケメンに限る」という嘘

ツイッターを見ていたら「男は交際を申し込まれたら、8割の女はオッケーで2割がムリ。女は2割の男がオッケーで8割がムリ」という文章があって、「おおっ！」と興奮しました。

どんなものにも例外があるのでしょうが、これはかなり的を射た表現なんじゃないかと、実感が教えてくれます。

少し前、『恋愛は科学だ！』というテレビ番組の脚本を書いたのですが、そこで、幼稚園の子供から高校生までに好みのタイプを聞くという企画がありました。

幼稚園の女の子は「面白い人」「楽しい人」「頭がいい人」「かっこいい人」といろいろと違うのに、男の子は、ほぼ全員が「かわいい子」と答えていました。

そして、この傾向は、小学校から中学校、高校に入っても変わりませんでした。女の子は成長と共に「面白い人」が「賢い人」に変わったりするのですが、男は一貫して「かわいい子」が主流なのです。

それはもう、分かりやすすぎるぐらい分かりやすいパターンでした。

一時期流行った「ただしイケメンに限る」という条件は、じつは男側が自分達の傾向を勝手に女側に当てはめただけだ、と分かるのです。

男には、「どんなに性格がよくても、どんなに家庭的でも、ただし、かわいい子（美人）に限る」という信念（？）を持つ奴が多いのです。が、女性は、男性に比べてはるかに「外見で選ぶ」という人は少ないのです。

もちろん、「イケメン大好き」と公言する人は多いです。けれど、好きになる動機としては、「イケメン」は、男の「かわいい子」より、はるかに少ないのです。

ツイッターの言う、男が申し込まれた相手の8割をオッケーするのは（それが本当だとすれば）それは分かりやすい外見で判断するからです。顔は少々残念でもスタイルがいいから付き合おうとか、肌がスベスベしているから付き合おうとかジャッジできるから、8割なのです。

女性が2割であるのは、外見を判断の第一にしていないからです。

男性は「見る性」として育てられます。女性を見る性であり、主導権を持つ性です。女性は「見られる性」として育てられます。受け身であることを求められる性です。

もちろん、今の時代、「見る性」であることが嫌で草食系に避難する男性や、「見られる性」であることを拒否して肉食系になる女性も多くなりました。

けれど、基本は「見る性」と「見られる性」です。だから、男は「かわいい子」と外見をまず語り、女は「面白い人」「経済力がある人」と外見を語らないのです。

だから、あなたが男性で、僕と同じブサイク村出身だとしても、諦《あきら》めるのは早いのです。

女性の多くは、好きになる相手を「イケメンに限る」とは思ってないと僕は断言します。疑うなら、勇気を持って周りの女性に聞いてごらんなさい。お酒を飲んだり、騒いだりするのはイケメンがいいと言うかもしれませんが、恋愛の対象としてイケメンに限ると断言する女性は少ないはずです。セックスの対象も、男は外見を求めます。ですから、かわいい子や美人のヌードに興奮します。けれど、女性は外見を求めません。求めるのは、愛する相手だけです。

「セックスが好き」と語るとき、男は不特定多数の相手を想像します。けれど、女性がそう語るときは、自分が愛した相手だけなのです。

「セックスが好きです」と語る女性に「好きモノだな」とニヤニヤする男性は、不特定多数を想定する自分と特定の個人を想像する女性というねじれの状態が分からないのです。なので、ブサイク村の男達は諦めないように。

そして、女達も、諦めずに告白してみるのです。意外にオッケーがでると思います。だって、男の守備範囲は驚くぐらい広いのです。キャッチャーのくせにセンターフライを捕る奴は普通にいるのです。

驚くべき守備範囲です。はい。

（２０１３年６月）

## 色っぽくなるためにはどうすればいいのか

桐朋《とうほう》学園芸術短期大学という所で、演劇を教えてもう5年以上経ちました。授業の最初に「なんか質問はあるか？」と聞くのが日課になっています。いろんな質問が出ます。「枕営業を求められたらどうしたらいいんですか？」というストレートど真ん中の質問を受けたこともあります。

髪も染めてなく、じつに真面目な顔をした19歳の女子学生でした。思わず爆笑したのは、自分は「枕営業」を求められると決めつけた顔があんまり真剣だったからです。

もう10年以上前に、この欄で、このことについて書いたことがあります。それは、事務所のマネージャーから「君を売り出すために、まず、君のことを知らないといけないから、僕とセックスしろ」と言われたという悲鳴のような手紙が始まりでした。

残念ながら、君にそういう提案をするというのは、君をそれだけの商品としか思ってないということです、と僕はこの欄で返事として書きました。もし、君のことをすごく有望な俳優だと思っているのなら、事務所をやめてしまうかもしれないそんな危険な提案を決してしないだろうと。

また、偉い人と「枕営業」して、仕事をもらったとしても、周りは、その分不相応な抜《ばっ》擢《てき》に不審《ふしん》を抱き、君の実力をよけい見極めようとするだろう。もし、君がキャリアに対応しない抜擢を受けて、なおかつ演技力がなければ（トークができなければ・抜群のスタイルや美貌の雰囲気がなければ）、周りは、「『枕営業』で仕事を取ったんだな。実力が追いついてないんだな。これからどうするんだろうな」と思うだけなのです。だから、そして、同時に、君を抜擢した偉いプロデューサーやディレクターや重役に対し「あの人は、そういうことをしてキャスティングする人なんだ。なんだよ」と深くやっかみや嫉妬、怒りの視線を向けるのは間違いないのです。「枕営業」は、それぐらいスリリングなものなのです。

ちなみに、演劇の世界ではこういうことはできません。映像は、監督に才能があれば、視聴者に対して俳優が下手ということをごまかすことができますが、演劇は無理です。演劇は、演技力が無残にもむき出しになるメディアなのです。

「色っぽくなるためにはどうしたらいいんですか？」という質問を受けたこともありました。「一日、食べることと学校のこと以外、何を考えている？」と質問で返しました。「一日、5分でも10分でもいいから、エッチなことを考えてるか？」とさらに突っ込むと、質問した女性は「ええと、主に『何を食べようか』を中心に考えながら毎日生活してます」と正直に答えてくれました。

知り合いに、じつに色っぽい女性がいたのですが、しばらく会わないうちに、雰囲気が普通になっていました。あの色っぽさはどうしたんだ、どうしてなくなってしまったんだと、思わず根掘り葉掘り質問しました。

答えはじつに明確でした。周りから、ものすごく色っぽいと思われていた時期、彼女は毎晩、寝る前にマスターベーションしていたと答えました。とにかく毎晩。ＡＶとかネットをオカズに使う男と違って、彼女は自分の妄想だけだったそうです。ただし、男女、問わず。彼女は、具体的には男性としか付き合ったことはないのですが、妄想の中では毎晩、いろんな人とエッチしたのです。

それが、ここ最近、あんまり仕事が忙しくなって、そんなことをしている余裕も時間もなくなってしまったと答えました。とにかく疲れていて、早く寝たいので、妄想に酔っている時間はなくなったと。かくして、ものすごく色っぽかった彼女は、普通の女性になったのです。

僕には、じつに納得できるエピソードでした。人は、想像したことが顔や体、雰囲気に滲《にじ》み出ると僕は思っています。

イギリスに留学した時、演劇の授業で、ただ座ってるだけなのに、ものすごく色っぽい雰囲気の女性がいました。思わず、休み時間に、「さっきの授業で、座っているだけの演技なのにものすごく色っぽく感じたんだけど、どうして？」と質問しました。メダというオランダから来た女優でしたが、ふわっと微笑んで「彼氏とセックスしている様子をリアルに思い出していたのよ」と答えました。僕は深く納得しました。

人間は考えていること・思っていることが、顔や体全体に出る。当たり前の事実を確認した瞬間でした。

（2015年9月）

## 人生と賢者タイム

今日も今日とて、さあ、原稿を書くぞと思いながら、つい、ネットをウロウロしていたら、面白い記事を見つけました。

「射精後に男性は急速に性欲が減退して『放っておいてほしい』と考える人も少なくない。この男性特有の現象を一部ネット上では『賢者タイム』と呼んでいる」

という書き出しでした。

おお！　あの時間を「賢者タイム」と命名した奴がいるのか。どの時代にも天才とはいるものだと感動しました。

ただ、あの時間は、「放っておいてほしい」という気持ちよりも「今なら、邪《よこしま》な気持ちをまったく持たないまま、君の相談に乗れるよ」という、まさに賢者になる時間だと思います。

その昔、愚かな男がいたと思いねえ。夜、女の子とお酒を飲んでいるうちにいいムードになり、あれ、この流れだとホテルに行けるぞと興奮し、それだけでワイルドな分身を持て余しながらトイレに行き、しかし「まてよ。このまま行ってしまうとあっという間に終わってしまいそうだぞ、ただでさえ、愚かな男のあだ名は『早撃ちしょうちゃん』なんだから。いかん、いかん、どうしよう」と考え、よし、トイレに来たついでだ、ここで一発、抜いておこう、そうしたら入口で散水して、入場前に解散なんて情けないことにならないし、よし、これはいいと青春のエネルギーをトイレで発散した瞬間に性欲なんていうみだらで愚かな気持ちはいきなり消えて、知恵深い賢者に変身し、席に戻った後は、その女性の悩みを真剣に聞いて、愛ってなんだろうねなんて会話までして、たっぷり話してすっきりした顔の女性を見送った男がいたのさ。

その時、男は、「うむ、今日、俺は本当の人助けをした。でも、これでいいのか？」と思ったものでした。あれは、賢者タイムだったんですね。

もちろん、あなたが男なら、この賢者タイムの持続時間は、千差万別だと知っているでしょう。一日、賢者タイムが続くヤツもいれば、5秒（！）しか続かないヤツもいるのです。

性格や体力、そして、年齢がものすごく関係してきます。たぶん、賢者タイムが短い人のことを、「生命力が強い人」と言うのだと思います。

どんなにおしゃべりでも生命力の弱い人はいます。「あの人は線が細い」とか「影が薄い」なんてのは生命力の弱さです。どんなに無口でもコミュ障でも、「脂ぎってる」とか「押しが強そう」なんて言われる人は、生命力が強いのです。

「賢者タイムが短そう」というのも、生命力が強い表現になるわけです。

たぶん、賢者タイムの持続時間は年齢が一番関係してくると思います。おいらも、55歳を越して、ずいぶん賢者タイムが長くなってきました。人生としてはじつに穏やかな気持ちになります。

ムツゴロウさんこと畑正憲《はたまさのり》氏（1935年〜）のインタビューが話題になっています。動物を命懸けで愛することが70歳を過ぎた頃からふーっとなくなり、「のめり込まず、距離を置いて楽しめるようになった」という内容です。

その理由は自分でもよく分からないのだけれど、「セックスへの欲情」がなくなったことが関係しているんじゃないかと言うのです。

つまり、ムツゴロウさんは、人生が賢者タイムに突入したんですね。

逆に考えれば、70歳過ぎまで、ちゃんと賢者じゃなくなる時間があったわけです。素晴らしいです。

さて、賢者タイムの記事は、それは、ホルモンが関係していると続き、『なんでもホルモン』（伊藤裕《いとうひろし》／朝日新書）を引用し、「この『賢者タイム』の正体はプロラクチンというホルモンの作用だ」とし、

「私たちはしばしば、何かに熱中している時や何かをどうしても手に入れたいという感情に駆られた時に『ドーパミンが出ている』と表現するが、プロラクチンにはこのドーパミンの分泌を抑制させる力があるという。要するにプロラクチンが増えれば執着心が薄れていくというのである。『賢者タイム』がプロラクチンの作用と関係があるのは、そのためだ」

と、紹介しています。

分泌が多い方が幸せなのか、少ない方が幸せなのか。あなたが男性なら、賢者タイムはどれぐらいですか？　あなたが女性なら、どれぐらいの賢者タイムが理想ですか？

（2016年2月）

# 5　才能ってなんだ

## 「こんな私でも」という感覚

将来有望な女優になると思って、ずっと仕事を一緒にしていた女性が、突然、仕事をやめると言い出しました。

おいらが社長をやっているサードステージは、芝居のプロデュースをしていますが、同時にプロダクション部門があって、俳優のマネジメントもしているわけです。

作品を創ることが演出家としての喜びですが、僕の場合、同じくらい、いえひょっとしてそれ以上に、俳優が成長するのを見るのが喜びなのです。

でね、ワークショップからこつこつとつきあい、もう7年近く、一緒に芝居をしてきた女性が、女優をやめると言うわけです。

で、言いだしたらガンコで、もうやめてしまったわけです。

若いのに、かなりの重要な役で出演してもらったりしました。育ってくれようと思いながら、うんと時間を投入しました。

それが、仕事の緊張感に耐えられないなんつー理由でやめていくわけです。

やめたから書けますが、恋人がいて、その恋人は、ちょっと頼りないというか、ボーッとしてる男性なわけです。僕も知っています。

で、彼女はその男性と付き合い始める理由を、

「こんな私でも、なにかしてあげられそうだから」

と言ったと、聞こえてきました。

あたしゃ、その発言を聞いて、腰が抜けました。

自分で言うと嫌味《いやみ》ですが、僕の腰の抜け方を理解してもらうためには言わないとしょうがないので言いますが、彼女はおいらの芝居の主役に近い役をやったわけです。

東京、大阪と、計1万5000人を超えるお客さんの前で演技をしたわけです。ちゃんと演じたと思います。若かったですから、そんなにとびきり上手いわけではなかったですが、ちゃんとやりました。

ちゃんと演技した彼女が「こんな私でも」と言うのなら、いったい、お前はどんな私なんだと、僕は内心、突っ込みながら腰が抜けたわけです。

演劇は、いい意味でも悪い意味でも、時代の鏡で、俳優志望者なんてのは、一番、時代のナイーブな部分が来ます。

僕はかれこれ、20年近く、毎年、オーディションをして、その年々の若者の変化を見てきました。

80年代は、ギラギラした男と愛されることを求めた女が集まりました。90年代に入ると、ギラギラした女と愛されることを求める男に変わり始めました。そして2000年代に入ると、自分を持て余した男と認めて欲しいという女が集まっているように感じます。

もちろん、オーディションですから、どの時代にも、「私を見て！」「僕を見て下さい！」という強気だったり自己愛だったりする若者は集まるのですが、なんとなくの傾向として、それぞれの年代の特徴を感じるのです。

居場所がないのは、若者共通です。

僕だって、20代の前半、なんとか自分の居場所を作ろうとして、劇団を旗揚げしたのです。

問題は、居場所のない自分のあり方です。居場所がないからギラギラするとか、受け入れてもらおうとして嫌われないようにするとか、それなりにあがくわけですが、なんだか、「私はどうせ居場所がないですから。そんな人間ですから」という、「お前、そんなに弱気でいいのか⁉」と突っ込みたくなるような傾向を最近、感じるのです。

彼女の「こんな私でも」発言は、ものすごく、時代のナイーブな部分と重なるような気がするのですよ。

で、言いたいのは、ここしばらくの「自尊意識の低さ」はどういうことなんだあ！　ということなのですよ。

「自尊意識」分かりますね。自分を誇りに思う感覚。自分に対するプライドですね。これがないと、簡単にエッチしたり、自分を傷つけたり、破滅に向かって進んでいったりするわけです。

まるで、みんないじめられっ子で、いじめられないように人の顔色だけを気にしている自分、好かれることが一番のテーマの自分を、自分で嫌っていて、「こんな私です」と安売りしているような気がするのです。

これは、無茶な怒りなんだろうかとも思うのですよ。

僕が芝居を始めた時、先輩から「鴻上、演劇に命かけるんだよ。魂で芝居をするんだよ」と突っ込まれて、

「いえ、僕、おばあちゃんの遺言で、簡単に命かけないようにって言われてるんです」

とボケながら、内心、

「ああ、うっとうしいなあ。熱くなりゃいいってもんでもないだろ。がんばったってだめなもんはだめなんだからさ」

と、突っぱねたことと、言い方は違っても同じ意味なんでしょうか？

とすれば、おいらは、単にオヤジになっただけってこと？

そうなの？　そうなのかなあ？

人は居場所がないとやっていけませんから、「こんな私でも」と思ってしまう自尊意識の低い若者も、結局、今の自分が今の自分で許され受け入れられる場所を見つけ出すのでしょう。

そこでは、みんな、「こんな私でも」と思っていて、

「こんな私でも何かできそうで、ここにいることを許してくれそうな気がする」とお互いに思ってるんでしょうか？

そうなの？　そうなのかなあ？　そこまで、時代は切羽詰《せっぱつ》まってるの？

彼女がやめたことで、悲しみの余り、おいらが混乱してるだけなの？


（２００４年５月）

## 欲望の淡い人間たちの時代

桐朋学園芸術短期大学という長い名前の大学で教授っていうのをやっていて、そこの学長である〝巨匠〟蜷川幸雄《にながわゆきお》さんと、オープンキャンパス用の対談というのをやってきました。

オープンキャンパスってのは、「うちの大学に来てくんないか？　ついては、うちの大学を一日開放するからさ、いろいろと見てもらって、いろいろと質問してもらって、気に入ったら、ぜひ、よろしくね」という、大学も少子化対策でがんばらないとね、というやつです。

対談の会場は、8割近くが女性でした。高校3年生ですね。1割が付き添いの保護者で、1割が男子高校生でした。

蜷川さんは、いきなり今やっている仕事のキャスティングがなかなかうまくいかなかったという話を始め、「ヌードにならないといけないから仕事は引き受けられないとか事務所は言うんだよ。演技できなきゃ、裸になるぐらいしかやることないだろ。なあ、鴻上」

なんて、素敵な言葉を叫ぶのです。

高校3年生の女子生徒が集まっている学生募集のオープンキャンパスの開口一番にね。「虚構の劇団」（筆者主宰の劇団。２００7年11月に旗上げ準備公演を行った）の話になって、僕は、僕と同年代の俳優が『ハッシャ・バイ』（「虚構の劇団」第3回公演）を見に来て、「器用そうな俳優が多いね」と言われた話をしました。

その俳優は、「自分達が20代の頃は、不器用な奴が俳優になっていたからね。どう転んでも、サラリーマンやＯＬでは、ちゃんと勤められそうもない奴らが俳優になったんだよね。だから、すごく、俳優としてゴツゴツしていたし、見ていて印象に残る奴らが多かったんだ。でも、今の俳優は、映像とか劇団を見ても、器用そうな人が多いよね。サラリーマン、ちゃんとやれるんじゃないの、というタイプの人が俳優をやっているから、なんか、つるりとしているっていうか、のっぺりしてる」と話しました。

その話に、蜷川さんは、「今の若い奴らは、欲望が淡《あわ》い」と返しました。

「なんか、映画でもさ、日常の何気ない描写の作品が多いんだよ。日常の小さな出来事を淡々と描いて、何が面白いと思うんだよ。もっと劇的なものが見たくないか？　なあ、鴻上」

と、また、自分の意見の最後に僕の名前を言うので、「はい、まあ、そうですね」と適当な相槌《あいづち》を打ちました。

でも、「若い奴の欲望が淡い」というのは僕も感じていましたし、なんとなく日常の軽い描写で終わる物語に出会うたびに、なんだかなあと僕も思っています。

昔は、この社会とうまく折り合いをつけられない若者が演劇に来たのです。やがてバンドに集まった時期もありました。

でも、演劇もバンドも当たればビジネスになる（ま、演劇は、映像に出る俳優ということですが）ということがわかってしまって、親も熱心にその道を勧めるようになりました。

結果、世界とうまく交渉できない不器用な奴が集まる場所ではなくなったようです。

お笑いの世界もそうですが、それがビッグビジネスになればなるほど、大衆は異物を排除しますからね。『ハッシャ・バイ』の中に、「いつもすでに死んだものだけが大衆化されるのです」という、僕が28歳の時に書いたセリフがあって、自分で自分の言葉にドキッとしてしまいました。

小さなビジネスなら、異物は異物として、異形の者は異形の者のままでい続けることができるのです。が、テレビという家庭のお茶の間と直接結びついたメディアに出るためには、なかなか、異物の存在は許されないのです。

僕が今でも、なかなか、大人数が出演する芝居を書かないのは、「現実で弾き飛ばされて演劇に駆け込んだ人達なのに、その演劇でも弾き飛ばされて、ただの〝その他大勢〟になったら切なすぎるじゃないか」と思っているからです。

蜷川さんと話しながら、「今、不器用な人達はどこに行っているのだろう？」と頭の片隅で思っていました。

お笑いも、こんなにブームになる前は異形の人がたくさんいました。テレビに出たらダメだろうという人が、ごちゃごちゃいました。今は、「これじゃあ、テレビに出られない」と先に理解して、テレビに出られるサイズに自分達を変えているようです。

もしくは、異形の人達は、ビジネスとしての笑いから撤退しているようです。

対談では、そのことには触れずに、「若者の欲望が淡い」ということを話しました。

たぶん、淡くなり始めたのは、僕の世代だと思います。僕の世代は、ひとつ上の団塊の世代の〝熱さ〟にうんざりしました。

今でも覚えていますが、僕が早稲田大学演劇研究会に新人として入った時、先輩から

「鴻上！　俺はお前のことが嫌いだ。だから、酒を飲もう！」と言われたことがあります。僕は、「この人は何を言ってるんだろう」と冷やかに対応しましたが、先輩は大真面目でした。それぐらい熱いコミュニケイションが普通でした。相手と摩擦熱を起こさないとコミュニケイションした実感がない、と思う人達に僕はずいぶん、うんざりしました。

時代もおそらく同時にこういう熱い人々にうんざりして、コミュニケイションはどんどんと淡白になりました。

淡いと、傷つくのもそんなに深くないので楽といえば楽です。携帯のメールで交際を申し込んで、それで振られれば、まあ、直接会って話すよりは、ずいぶん浅い傷ですみます。別れる時も、メールひとつですめば、けっこう便利です。

ただ、そういう生き方をする人が増えていくと、「魂が震える」ような作品が創られる機会が減るだろうなあと思います。淡白な人が淡白に恋をして、魂まで届くのはなかなかないでしょう。

傷つきたくないし、淡白もつまらないし、はてさてと考えてしまいました。はい。

（2009年9月）

## 体力と人柄と才能

大学時代、テレビで久米宏《くめひろし》さんが「この業界で成功するためには、一に体力、二に人柄、三四がなくて、五に才能」と言うのを聞いて、体の力みがスーッと消えたことがありました。

その当時の久米さんは、歌番組やバラエティー番組を飛ぶ鳥を落とす勢いで司会していましたから、「ああ、この人でもそう思っているんだ」とほっとしたのです。

その当時の僕は、劇団を旗揚げしたばかりで、「自分には才能があるのか。ちゃんとした作品を書けるのか。ナイスな演出ができるのか」と、見えないものだけを心配していましたから、「なんだ、まずは体力なんだ。で、次が人柄なんだ。才能は、そのずっと後なんだ」と思っただけで、うんと楽になったのです。

体力は、目に見えることですから、周りが睡眠不足で音を上げても踏ん張ればすむ話でしたし、人柄も、周りがキレたり怒ったりあきらめたり負けたり不満を言ったり文句を言ったりグチを言ったりしている時に、ただ積極的に仕事をすればすむ話でした。

その当時、成功した社長の人生訓とか座右《ざゆう》の銘《めい》とかを読むと、じつに平凡なことが書かれていることに気づきました。「時間を絶対に守る」とか「嘘をつかない」とか「他人の噂話は、直接、本人に確認しない限り信じない」とか「感謝の言葉を忘れない」とか「積極的にあいさつをする」とか「感情に振り回されず、穏やかに微笑《ほほえ》む」とかです。

最初は、「なんだよ、成功した人間でも、こんなことしか言えないのかよ」と思っていたのですが、ある日、「待てよ、こういう一番平凡で基本的なことさえできないのが人間で、こういうことができた人間はそれだけで成功するんじゃないか」と気づいたのです。

結局は、経営手腕だの経営戦略だの言うまえに、体力と人柄の勝負なんだと納得したのです。

この年まで生きてきて、本当の才能勝負の時も、もちろんありますが、それは、百回の勝負のうちのほんの数回で、それ以外は、体力と人柄なんだとようやくわかります。

特に、演劇なんぞをやっていると、個人の才能の力なんかはたかが知れていると思わされます。それより、集団作業ですから、どれだけ才能のある人達に集まってもらえるか、いろんな人がどれだけ力を発揮してくれるか、にかかっていると分かるのです。

で、才能ある人達に集まってもらうためには、やっぱり、体力と人柄だと気づくのです。

今、僕は、「虚構の劇団」の第2回公演『リアリティ・ショウ』の稽古の真っ最中です。平均年齢22・5歳の若者たちの毎日のガンバリを見ていると、「ああ、やっぱり、体力と人柄だよなあ」と思うのです。

ずば抜けた才能なんてのは、そんなにあるわけじゃないのです。そんな天才がごろごろしていたら、かえって困ります。

そうではなくて、次の日に稽古する台本の部分を、ちゃんと覚えてきて、役の心情を深く想像・理解して、なおかつ、面白いしゃべり方と動きを考えてきて、そして、それを実行する。という、きわめて基本的なことをちゃんとやっている俳優だけが、生き残るんだよなとしみじみするのです。

毎日、午後1時から午後9時までの稽古で、生活も不安定ですからバイトをしなければいけない奴もいて、ヘトヘトになってしまうのですが、それでも、毎日、ちゃんと次のことを考えて、次の日の課題を疲れと眠気に負けずにやってきた人間だけが、次のステップに行けるのです。

それは、「目の醒めるような演技をした」とか「才能溢れる完璧な演技」ということとまったくかけ離れています。

当たり前のことを当たり前にする、それだけのことなのです。

現在、公開されている映画『ブロードウェイ♪ブロードウェイ　コーラスラインにかける夢』は、近年まれに見る傑作ドキュメントでした。

2006年、ブロードウェイで『コーラスライン』を再演するために、3000人が応募して8ヵ月かけて19人が決定するまでの記録です。

カメラは、ブロードウェイで初めて、オーディション会場に入ります。

そこで映されているのは、ほとんど落ちた人達ですから（だって3000人中の19人しか選ばれないのです）、いったいどうやって彼ら彼女らの了解を得たのかと思うと、気が遠くなります。誰だって、自分が落ちたオーディションの映像なんて残して欲しいわけがないのです。

最終選考まで残って、競って落ちたのならまだしも、一次であっという間に落とされた俳優もたくさん映っています。権利意識のはっきりしたアメリカですから、絶対に本人の了解を取っているはずです。

信じられない映像です。

感動的なのは、日本人の高良結香《たからゆか》さんがオーディションに勝ち残っていくことです。背が低く、とびきりの美人でもない（失礼！）高良さんが、そのガッツと体力と人柄で生き残り続ける風景は、本当に勇気をもらえます。

そして、オーディションの緊張の中で、才能ではなく、性格で自滅していく人達も映されます。

演劇とダンスの神様に愛された人間が、そんなにたくさんいるわけがないのです。そんな人は、数十年に一人でしょう。

それよりも、演技と踊りを練習し続ける体力とプレッシャーに負けない人柄を持つ人間が生き残るのです。

この映画を見ていると、才能とは、夢を見続ける力のことだと、ようくわかるのです。

（２００８年11月）

## 恥をかける大人は偉い

映画と芝居が終わったので、また、2日間の「オープンワークショップ」というのをやっています。やれて、年に数回なのですが、「演技のあらゆる側面を高速度でおさらいする」ものです。

中学1年13歳でベテラン子役や有名な舞台に何度も出演している女の子や、大学時代劇団をやっていて、7年ぶりに卒業生が集まってまた劇団を作ったので、演技の確認とブラッシュアップのために参加したという集団もいました。10歳の娘が女優になりたいと言うので、演技のことを知りたいからという母親もいました。

福岡や名古屋、京都から来てくれた人もいました。

つまりは、まあ、じつに雑多な人達が2日間、集まるわけです。このカオスな感じ、僕は実は好きです。

でね、一人、映像の監督をしている、というロマンスグレーの中年の人がいたのです。

この人は、「演技はしたことがないんで、ものすごく恥ずかしいんですけど、がんばります」なんてことをボソボソ言うわけです。

なんだか、自信なさげな人だなあ、仕事で行き詰まっているのかなあ、なんて思ってい
たんですね。

んで、ワークショップが終わった後、参加者と飲む機会があって、

「失礼ですけど、映画を撮られているんですか？」

と質問したわけです。

その人は、すごく恥ずかしそうに、

「ええ、『ぼくたちと駐在さんの７００日戦争』とか撮りました」

なんて言うのですよ。

あたしゃ、その瞬間、叫びましたね。大好きな映画ですから。大名作ですからね。

「な、なんで最初に言ってくんないんですか！」

「だって、恥ずかしいじゃないですか……」と、その人、塚本連平《つかもとれんぺい》監督はまたボソボソ言
うのです。監督は、別に行き詰まっていたのではなく、ちゃんとした演技論を体系的に勉
強したことがないから参加したんだとおっしゃいました。

偉いですね。立派です。もう、映画は何本も撮られていて、テレビドラマにいたって

は、『ルーキー！』だの『時効警察』だの、ものすごいヒットメーカーなのです。

なのに、演技を勉強したくって、演技の経験がまったくないのに、若い奴の中に混じってジャージ姿になって参加する。なかなか、できることじゃありません。

ロンドンの演劇学校に留学した時、ロシアの演出家が公演の合間にワークショップをする、という知らせが学校の掲示板に出ていて、いそいそと参加したら、演劇学校の先生が何人もそこにいました。そして、自分達の生徒と一緒に、大きな声を出したり、動いたりしていました。僕は感動しました。だって、自分の生徒の前で恥をかくかもしれないのです。

日本だと、小・中学校にワークショップに行っても、若い先生は生徒と一緒にやったりしますが、教頭先生とか主任とか、つまりは、立派な大人になるとまったく参加しなくなります。でも、本当は、頭と体が硬直しそうになる年齢ほど参加したほうがいいと思うのです。

でも、大人は、参加しません。どうしてでしょう。若い奴の前で恥をかいてはダメだと思うのでしょうか。

でも、自分がいつもいる位置から少しずれるのは、脳にも体にもいいのです。

僕が演劇以外のジャンルにいそいそと出かけるのは、もちろん根が落ち着きがないという こともありますが、演劇だけをやっていると、どんどん権威になっていって、先生と持ち上げられて恥をかきにくくなるからです。

今週は、『ネプリーグ』と『ペケ×ポン』というTVのクイズ番組に呼ばれて、思いっきり恥をかいてきました。もう散々でした。俳優たちが見たら、きっと呆れるでしょう（いえ、もちろん、いい所を見せたいんですよ）。でも、それもまた、いいんじゃないかと思っています。

出会い系サイトでメールを交換していた女性が僕に『ぼくたちと駐在さんの700日戦争』を紹介してくれました。彼女は、僕が自分の写真を送ったら、出会う前に返事が来なくなりました。その時は哀しかったですが、素敵な映画を紹介してくれたからよかったと、あらためて思いました。

（2010年4月）

## 『影武者』のオーディションを受けた日

**1998年9月6日、黒澤《くろさわ》明《あきら》監督逝去。88歳。**

僕は、その昔、映画『影武者』のオーディションに応募したことがあります。20歳の時でした。早稲田の学生で、まだ「第三舞台」も作らず、ただ、演劇研究会の下っぱとして走り回っていた時でした。

書類審査の通過を伝える葉書を受け取り、喜びのあまり、アパートの前の道を走ったことを今でも覚えています。

二次審査は、成城にある東宝撮影所でした。「失礼します」と、声をかけて椅子に座れば、目の前には、伝説の黒澤監督が何人かのスタッフと並んでこちらを見ていました。たしか、何人か一緒の面接だったと思います。

僕は、「映画館で、明かりが落ちて、映画が始まる一瞬の暗闇がものすごく好きです」

と答えた記憶があります。

そう言うと、サングラスをかけた黒澤監督が、にっこりと微笑みました。

何日かして、二次の通過を知らせる葉書が届きました。

三次のオーディションは、セリフがありました。たしか、「おきゃがれ！　おやかた様は、あそこにござるわ！」というようなセリフだったと思います。

この時の僕の演技力がどれほどだったかの記憶はもうありません。たぶん、ひどいものだったでしょう。

また、何人か一緒の面接だったのですが、目の前の机に広げられた履歴書がちらりと見えました。

僕の履歴書には、丸にKのイニシャルが大きく書かれていました。あっ、黒澤監督が僕を通したんだと、一瞬、興奮しました。そのまま、隣の人の履歴書を覗き見ると、丸にKのイニシャル以外に別のイニシャルが何個もありました。プロデューサーや助監督のイニシャルのようでした。あれ、Kのイニシャルが一個だけの俺って不利なの？　と一瞬、嫌な予感がしました。

何日かして、また、連絡がありました。

残念ながら、あなたは三次に落ちてしまいました。ただ、セリフのない役でもいいのなら、東宝の撮影所に来て欲しいというものでした。

僕は、とにかく黒澤監督の現場に行きたくて、それでもいいですと答えました。

当日、東宝に行けば、まず、ちょんまげを結うために散髪して下さいと言われました。

床山と呼ばれる部署に行けば、床山さんは手慣れたハサミ使いで、じょきじょきと僕の髪を切り始めました。

ちょんまげを結いやすくするために、頭の両側の髪の毛を残して、真ん中だけが切られていきます。

これからしばらくその髪形で生活するわけで、その髪形は、言ってみれば、逆モヒカンなわけで、そのまま、街を歩いているとものすごく変なのですが、僕は、黒澤監督がちょんまげ頭が必要だと思っているのだからと、その当時、何の疑問も持ちませんでした。

僕は時代劇に詳しくないので、正式名称は分かりませんが、足にキャハンのようなものを巻いて、ワラジをはいて、着物（って言うんだよな）を着て、ヤリを持って、撮影所の空き地に集合しました。

20人ほどの足軽《あしがる》がいました。

ヤリの突き方や何種類かの座り方、立ち方、行進の仕方の訓練が始まりました。
30分ほど繰り返していると、向こうから、サングラスをかけた巨体がゆっくりと近づいてきました。

黒澤監督でした。

面接の時は、座られていたので、背の高さが分からなかったのです。

ディレクターズ・チェアを白人の青年が運んでいました。その人より、はるかに高い姿でした。日本人ばなれした背丈だなと僕は、足軽の格好で突きの練習をしながら思いました。

僕の隣にいた足軽は、へっぴり腰で、ヤリを突く時、どうしても不格好でした。教える人が、何回も腰を入れろと注意しても、腰が上手く入りませんでした。腰で突かないで、手だけで突いていたのです。と、じっと見ていた黒澤監督が近くにいた人に何か耳打ちしました。

すると、何人かの男の人が、僕の隣のへっぴり腰の男の所まで走ってきました。そして、へっぴり腰の男の両脇を抱えて、そのままどこかへ連れていきました。その後、彼は練習には戻りませんでした。

結局、僕はその年に入った早稲田大学演劇研究会の新人としての仕事が忙しくなって、撮影には行けませんでした。

演劇研究会では、新人のくせに先輩の公演を手伝わない男という風評が立ち始めていたのです。

まず、自分の生きる場所を確保するために、涙をのんで、姫路城で2週間と言われたロケを断ったのです。

黒澤監督の偉大さは、いろんな面があります。でも、日本人が一番見落としているのは、80歳代になっても作品を作り続けたということです。スピルバーグとルーカスが、この点を強調しています。

亡くなるまで、日本のマスコミと多くの一般映画ファンは、例えば『七人の侍』と『まあだだよ』を比べて、黒澤監督はつまらなくなったと語ってきました。『用心棒』と『夢』を比べてきました。

70歳代80歳代になって何を感じているかを知ることより、30歳代40歳代と同じ物を要求し続けたのです。

70歳代80歳代になって、30歳代40歳代のエネルギーがなくなるのは当たり前のことです。かつて力でホームランを打っていた野球選手が、年齢と共にセンター前ヒットを打つようになった時、その選手の存在そのものを否定したと同じことです。それはつまり、自分の70歳代80歳代を否定することと同じです。

いつまでも若くなければならないという強迫観念が蔓延《まんえん》するこの国で、かつて黒澤監督を批判した人達は、自分が70歳代80歳代になった時、『乱』や『八月の狂詩曲』を見て、慄然《りつぜん》とするだろうと僕は思っています。

（1998年9月）

## 巨匠のフットワーク

舞台『キッチン』に役者として出演して、「鴻上さん、蜷川さんの演出はどうでしたか？」とよく聞かれました。

質問するのは、ちょっとニヤニヤしながら、「なんか挑発的なこと、鴻上さん、言わないかな」なんて願望を顔に書いているマスコミの人や、純粋に聞きたいという演劇ファンの人までいろいろいました。

正直に答えれば、僕が一番、驚いたのは、蜷川巨匠のフットワークの軽さでした。

『キッチン』は、33人もの大勢の俳優が出ます。

出演者にとっても、33人もいると、1週間以上、お互いに口をきいてない人がいる、なんて状態がふつうに起こる人数です。

（ちなみに、僕自身、こんなにたくさんの出演者がいる戯曲を書いたことはありません。現実ではじき飛ばされた人が、演劇の作品の中でまたはじき飛ばされるのを見るのが嫌だからですが、それは、また別の話）

で、稽古が始まってしばらくして気づいたのですが、蜷川さんは、この33人と2日間のうちに、必ず、一度は話しているのです。もちろん、33人が順番に蜷川さんのところへ行って、話しかけているのではありません。

〝世界のニナガワ〟の演出席に歩み寄って、「蜷川さん、頭髪の調子はどうですか？」なんて軽口をたたけるのは、「俳優の仕事がなくなっても、ま、作家と演出家で食べていけますから」なんて、俳優の仕事を背水の陣でやってない、俳優に対してものすごく失礼な僕ぐらいなもので（もちろん、ジョークです！）、多くの俳優さんたちは、遠くから世界の巨匠の頭髪の状態を、じゃなかった、世界の巨匠のご尊顔を拝しているだけなのです。

なので、33人と話すということは、当然、蜷川さんから歩み寄る、ということを意味します。

ですが、稽古場は広く、役者は、あちこちにいます。

『キッチン』は、客席の真ん中に舞台を作り、舞台を両側の客席から見る、という構図でした。稽古場でも、稽古場の真ん中に舞台を作り、俳優たちは、両側の客席（になる部分）に、バラバラに座っていました。

なので、蜷川さんは、2日の間に、客席になる部分を自分で歩いて、あちこちに座っている俳優に、自分から声をかけていたのです。

年配の人やスターさんに声をかけるのならまだ分かります。蜷川さんは、そうではなく、とにかく、全員に話しかけていたのです。

セリフが一言もない若者にも、背水の陣で俳優をやっていないように見えるエースコックのブタさんみたいな僕にも、2日の間には、必ず声をかけていたのです。

この発見は衝撃でした。

自信のない演出家なら、まだ分かります。いろんな人の意見と顔色をうかがいながら、とにかく稽古場を平穏にしようという狙いなら、よく分かります。

けれど、〝世界のニナガワ〟が、声をかけているのです。

なおかつ、「どうだ、調子は？」なんていう、「社長、そう聞かれたら、『まあまあです』なんて答え方しかできないじゃないですか。んで『そうか、そうか』とあなたは去って、こっちは、『いや、いろいろと大変なんだけどなあ』と、余計、不毛な感覚だけが残るじゃないですか」というような質問ではなく、なにかしら、具体的なことでした。

「顔色、悪くないか？」とか「太った？」とか「疲れない？　俺はすっごく昨日、疲れたんだよね」とか、なにか、もうひとつ、踏み込んだ言葉でした。

そして、〝世界のニナガワ〟から話しかけられた俳優たちは、じつに幸福そうに、蜷川さんに答えていました。

なかには、直前まで、「蜷川さんの演出、おかしくないか？」と、隣の俳優とぶつぶつ言っていた俳優もいました。けれど、話しかけられ、しばらく蜷川さんと話すだけで、もう、不満は消えていました。

俳優というのは、不安なものです。なんにせよ、結果が数字で出ない世界、結果がはっきりと目に見えない世界で戦わないといけない人間は不安です。

「私はいい演技をしているのか？」「私の解釈は間違ってないのか？」「私の存在は、作品の中でジャマになってないのか？」というようなことは、最終的には自分では決められません。

もちろん、自分で一生懸命考えますが、最終的には、演出家の言葉が必要なのです。

ですから、俳優が演出家に対して文句を言うのは、簡単に言えば、「私をもっと見て下さい。見て、私の演技があっているのか間違っているのか、判断して下さい」と思っている場合が多いのです。

「あの人の解釈は間違っている。私の解釈の方が明らかに正しい。この解釈の対立は、非妥協的である」なんて場合は、めったにないのです。

それよりは、「私をちゃんと見てくれているのか。ちゃんと判断してくれているのか」という不満というより、お願いとか要求とか要望の場合が圧倒的に多いのです。

ですから、「蜷川さんの演出はおかしい」と、ぶつぶつと言っていた俳優も、蜷川さんとしばらく話すことで、不満や不安はなくなっていくのです。

〝世界のニナガワ〟は、はっきりと意識的に、33人と話そうとしている。そう気づいた驚きはかなりのものでした。

それは、会社の飲み会の時に、社長が順番に（さりげなさをよそおいながら）全社員と話す、というようなことです。

そのフットワークの軽さと大変さは、すぐに想像できると思います。

英語では、じつは、これをボンディングといいます。接着剤のボンド（ｂｏｎｄ）と同じ意味の、「くっつけること」です。

会議の前に、なにげない会話をすることでお互いの緊張を取るとか、軽い話題を続けた後、部下にやっかいな仕事の命令を出すとか、会社でもやられていることです。

欧米では、人間関係の作り方もマニュアル化しますから（ファーストフードの「スマイル0円」みたいなものですね)、このボンディングの重要性と必要性も、多くの人は意識しているのです。

が、頭で分かっていても、なかなか、簡単には実行できないものです。

蜷川さんは、一日の稽古の途中で休憩をよく取ります。それも20分なんていう長い時間です。

その間に、じつは、若造からベテランまでの俳優の間を歩いているのです。

これが、僕が蜷川さんの演出を受けて、一番、感動した点です。

大学のサークルから劇団を作り、そこから演劇を始めた僕は、逆に、そうやって俳優一人一人に声をかけることがなんだか恥ずかしいという感覚を持っていました。

「ものすごくベタなことをしている」恥ずかしさとでも言うのでしょうか。

僕達は、センスをひねり、裏切り、からかい、茶化し、揺さぶることでモノを創ってきました。

ですから、いきなり、ボンディングの人間関係のようなものを作ろうとする自分が、なんだか、小っ恥ずかしく、お尻の穴がむずがゆくなるのです。

が、俳優をやってみれば、蜷川さんから話しかけられるのは、嬉しいものでした。話題は、だんだんと「演出家と俳優」ではなく、「演出家同士」のものになってしまいましたが（どうも蜷川さんは僕を最後まで、俳優ではなく、俳優修行をしている演出家だと思っていたようで）、なんだか、演出論になったりしましたが、それでも、こっちは俳優として嬉しいものでした。

「ベタなことでもやった方がいいんだなあ」と、僕は46歳にもなって、しみじみと分かったのです。

いえ、自分の演出でもね、「ここで、もうひとつ音楽でもかけて盛り上げたら、泣けるだろうなあ」なんて思った時点で、もう、お尻がこそばゆくなるのですよ。恥ずかしくてね。

でもまあ、それは表現の問題ですけど、人間関係に関しては、こういうことは大切なんだなあと思ったのです。

それにしても、蜷川さんは70歳ですからね。70歳の演出家が、セリフが一言もない18歳の若造に、「その髪形、いいじゃないか」なんて話しかけるんですよ。

僕が70歳になった時に、そんなことができるかと、思わず、僕は唸《うな》ってしまうのです。

（2006年4月）

# 蜷川幸雄さんのこと

**2016年5月12日、蜷川幸雄氏逝去。80歳。**

僕は2005年、蜷川幸雄さんが演出する『キッチン』(アーノルド・ウェスカー作)という作品に俳優として出演しました。

蜷川さんの演出を一度、間近で見たい、そのためには俳優として出演するのが一番いいだろうと思って、1年程前から、とにかく何でもと蜷川さんにお願いしていたのです。もらったのは、副コック長のフランクという役でした。大勢がキッチンで働くのですが、その中の一人で、二幕なんかはセリフが三つぐらいしかありませんでした。ですが、目的は蜷川さんの演出を見ることなので、関係ありませんでした。

稽古に入る前に、「セリフは稽古前に完全に覚えてきて欲しい」というオーダーがきました。僕が演出家の時は、「セリフはうろ覚えでお願いします」と、稽古前の俳優さんには言います。あんまり完全に覚えてしまうと、稽古場での微妙な修正ができなくなると思っているからです。

そのことを、稽古に入る前、ポスター撮影の時に蜷川さんに言うと、「完全に覚えて、なおかつ稽古場で相手の言葉にあわせて修正するのが俳優の仕事だろう」とサラッと言われました。「でも、蜷川さん」と反論しようとしたら、「鴻上、お前、今回は役者」とだめ押しされました。

「はい、そうでした」と新人俳優のように恐縮しました。

いざ、稽古が始まると、渋谷にあった稽古場は、ロフトというか、一階の稽古場をぐるりと取り囲む中二階のスペースがあって、そこに若者がズラッと座っていました。誰だろうと思って蜷川組のベテラン俳優さんに聞くと「ニナガワ・スタジオの若者だよ」と教えてくれました。

蜷川さんが若者を集めて作った集団というか、若者を演出するグループに所属している人達でした。演技の勉強のために、ずっと熱心に中二階から毎日、見下ろしていました。

僕が演出家の時は、稽古場に知らない人を絶対に入れないようにしています。稽古場は傷つき魂が裸になる場所です。そのためには、同志だけが集う場所でなければならないと思っているのです。

けれど、蜷川さんは俳優志望の若者に稽古場を開放していました。稽古場を見学のために、有名な俳優さんが何人も訪れました。そのたびに、蜷川さんは嬉しそうに話していました。

稽古の途中で、ある若い俳優がどうしてもうまくセリフを言えないことがありました。蜷川さんは何度もセリフの言い方を演出しましたが、俳優さんの演技はあまり変わりませんでした。

テレビでは売れていましたが、映像の演技しかしたことがなく、舞台の演技は初めてで、舞台そのものに戸惑っている感じがありありとしました。稽古はまったく進まなくなり、2日間、その俳優さんのシーンだけが繰り返されました。

3日目、その日も同じシーンから始まったのですが、若い俳優の演技はあまり変わっていませんでした。

すると蜷川さんは、中二階のロフトに向かって、一人の俳優の名前を呼びました。若い男性が大きな声で返事して、階段を降りて来ました。蜷川さんはその若い俳優に向かって「ちょっとやってみろ」と言いました。

すると、彼は、今稽古していたシーンのセリフを完全に話し始めました。その若者は、苦労していた俳優のセリフを完璧に覚えていたのです。

稽古を見ていた僕達は驚き、震えました。全員が、「彼がすでにセリフを完全に覚えている」という意味を一瞬で悟りました。それから、2日間、本来の彼が演じた後、ロフトで見ていた若者が同じ役を演じる、という稽古を繰り返しました。

そして、3日目、その役は、ロフトの若者が演じることになりました。本来の彼は、セリフのない「キッチンに出入りする業者」という役になりました。

僕は、蜷川さんはこういう現実に生きているんだと震えました。もちろん僕だって役を変えたり、おろしたことはあります。でも、2日という速度ではありませんでした。

蜷川さんは、その稽古で若者達に演出した後、「僕の言葉に負けないでね」と何回も繰り返しました。やがて、僕も蜷川さんぐらい大きくなったら、この言葉を使おうと密かに決めました。

あえて冥福は祈りません。僕も向こうの世界に行った時に言いたいことがたくさんあります。

合掌。


（2016年5月）

# 6　希望について

## バカバカしいことに真面目にエネルギーを使う

担当編集者のサーフィン髙谷《たかたに》が、友人がやり遂げた「エロサンタ」計画のことを教えてくれました。

じつにいい話だったので、紹介します。

友人はレオパルドンというテクノ音楽のユニットをやっている高野政所《たかのまんどころ》さん。彼は、クリスマスが恋人たちが愛を語る日・やっちまう日になっている現状に憤慨していました。

そして、「どうせ彼女もいない俺達だ、クリスマスになんかくだらなくて面白いことやってやろう！」と考えます。

以下、サーフィン高谷が高野さんから聞いた話をメールにしてくれた文章です。

「俺が通っていた中学校の横に山があったんですが、そこは当時はエロ本とかがたくさん捨てられていたんです。

で、中学生の俺らにとっては宝の山みたいなもんで、わくわくしながらそこでエロ本を拾ってたんですね。

同じようなドキドキを、今の中学生、それも童貞を持て余しているような連中に感じてもらおうというわけで、『エロサンタ』計画を考え付いたんです。

世間の連中が恋愛の最高潮にいるクリスマスにそれをやる！

そこにさらなる意味があったんですよ。

で、相方は昔からの俺の盟友で、これも非モテをこじらせた〝U〟って奴。

そいつが、エロビデオ屋のバイトだったんで、いらないエロビデオとかがたくさんあったことも計画を決めた理由のひとつでした。

クリスマス・イブ当日。俺とUは、夜中、袋の中にエロラッピングしたＤＶＤを入れて、街に出ました。

で、中学校の通学路周辺に、ある袋は木の枝にぶら下げたり、ある袋は自販機の上に置いたりしながら片っぱしからばらまいたんです。朝5時までやりましたね。終わった後、ガストでケーキを食べた。それが俺たちの5年前のクリスマスでした」

もちろん、そのあとも、彼らはぬかりがありませんでした。

「そのまま放置したら、単なる不法投棄の迷惑行為じゃないですか。だから、翌日、ばらまいたポイントをチェックして回りました。取られていなかったら回収しておこうと思って。でも、ばっちり持って行ってもらえていましたね」

……いやあ、じつにいい話ですよね。通学路を歩く中学生は、サンタさんの存在をもう一度、信じてもいいという気になったに違いありません。

サーフィン髙谷の友人、高野さんはこの時、27歳。立派です。

そう言えば、昔、モダンアートの芸術家・島袋道浩《しまぶくみちひろ》さんが、夏にサンタクロースの格好をして、神戸の鉄道の線路沿いに立っていたパフォーマンスに感動したことを思い出しました。

線路沿いに立っていたのは、「もし、電車の中に南半球出身の人がいたら、夏にサンタを見ると、まさに、南半球のクリスマスだから、束の間、クリスマス気分にひたれるんじゃないか」と考えたからです。

これもまた、じつにいい話です。どちらも、じつにバカバカしく、そして、真面目にエネルギーを使う所が感動的です。

（2009年6月）

## 修羅場の中で青空を

ここんとこ、週末になると、あちゃこちゃへ行っています。

先週は、北九州、今週は神戸、来週は札幌です。

ワークショップと講演会の旅です。ワークショップとは、簡単に言えば、表現のレッスンのことです。

僕は、「クローズド・ワークショップ」という自分自身の公演のためのワークショップと、先着順の誰でも参加できる「オープン・ワークショップ」という二つのタイプのワークショップをしています。あ、もうひとつ、俳優を志望していない、一般人向けの「シアター・ゲーム」というのもあります。

今週の神戸では、車椅子の人が僕の「オープン・ワークショップ」に参加しました。

「オープン・ワークショップ」は、俳優および俳優志望者向けの先着順ですから、どんな人でも参加できるわけです。

車椅子で参加した女性は、介護者が一緒についていて、自分一人の力では、車椅子に座ったり、下りたりすることはできないようでした。

僕の「オープン・ワークショップ」は、俳優として必要なすべてのことを一通りレッスンしますから、当然、走り回ったり、体のあちこちを動かしたりします。

最初、僕はどうしようかと思ったのですが、50名の参加者の中で、彼女一人に合わせることはできないと判断して、走ったり、体を動かしたりするメニューも取り入れることにしました。

彼女に、「できるものとできないものがあると思うけど、それぞれに判断してね」と言って。

レッスンの最初、「あちゃこちゃに（部屋の中を）歩きます！」と声をかけると、49名の参加者と一緒に、彼女は電動の車椅子を操《あやつ》って移動し始めました。

ちらちらと、彼女に気付かれないように視線を送ると、彼女は、すこぶる楽しそうに移動していました。

「後ろ向きに歩きます！」と声をかけると、彼女は電動車椅子をバックさせました。

夕方、食事休憩の時、介護者と一緒の彼女に僕は話しかけました。彼女は、「態変《たいへん》」という大阪の有名な身体障害者の劇団のメンバーでした。

「まだ劇団に入って1年とちょっとの新人なんです」

と彼女は言いました。

しばらく話して、僕は思い切って、

「障害というか、病気はなんなの？」

と聞きました。失礼な質問だったかもしれないのですが、聞きたいのに触れないというのも逆に失礼だと思ったのです。

「筋ジストロフィーです」

と彼女は答えました。

「進行性の？」

と僕はさらに聞きました。

「ええ」と彼女はうなずきました。

しばらく会話して、レッスンに戻りました。

「こえ」のレッスンの時は、彼女は他の人と同じように参加していました。

2日目、参加者が疲れているように感じたので、活性化するために、僕は〝鬼ごっこ〟から始めました。彼女はただ見ているだけでした。

〝演技分析〟のレッスンの時には、彼女は私がやりたいと手を上げました。全2日の「オープン・ワークショップ」が終わって、彼女と目が合いました。

「ためになったかな？」と聞くと、

「ええ。すごく」

と彼女は答えました。

「本当は僕はちょっと心配していたんだ。できるものとできないものがはっきりあるからね」

そう言うと、彼女は突然、

「ちょっと泣いてもいいですか？」

と言って、涙をぽろぽろと流し始めました。

「本当はすごく不安だったんです。私なんかが参加してもいいんだろうか、ジャマになるんじゃないだろうか、鴻上尚史っていう人は障害者のことを何も知らないだろうし、だから、すごく不安で……」

「でも、ちゃんとやったじゃないの」

僕は言いました。「よくできました。花丸をあげます」

彼女は泣きながら微笑《ほほえ》みました。

夜、参加者とお酒を飲む交流会がありました。

彼女の電動車椅子を6人の男性が担いで、地下の居酒屋に移動させました。

僕は彼女の隣に座りました。

彼女は、「一人芝居」をしたいんだと僕に言いました。だから、いい台本はないですか？　と質問しました。

僕は、既成《きせい》の作品ではなく、君が書いた方がいいんじゃないのとアドバイスしました。どうせなら、たくさんの人に見てもらいたいだろう、だから、君の実感を君が戯曲《ぎきょく》にした方がいいと思うよ、だってそれは君にしかできないことだから、既成の有名な戯曲より、かえってお客さんが集まるはずだよ、と僕は言いました。

他の参加者の人達も、僕に質問があるといって、次々にやってきました。僕は彼女の参考になるかと思って、その場所で、彼女にも聞こえるように話しました。

一人が、役者を続けていくことが不安だと語りました。「人生ってのは、そういうもんだよ」と僕は年寄りじみたことを言って、彼女を見ました。

彼女は、「生きていくことが、それだけで大変ですから」と返しました。

決して、深刻なトーンではありませんでした。軽いけど重く、修羅場の中で青空を見上げているような声でした。

「それそれ、そういうセリフを僕は、君の一人芝居で聞きたいんだよ」と僕は言いました。「そうですね。分かります」と彼女は微笑みました。

彼女が参加してくれたことは、僕にとって、とても幸福なことでした。

（2000年10月）

## ワークショップにはいろんな人がやってくる

「オープンワークショップ」という先着順のワークショップを年に数回やっています。

イギリスに留学した時、演劇人達が「演劇人として社会に還元しよう」とさまざまな活動をしていることを知りました。税金で文化的に助成されているのだから、お返しにスピーチ術だのコミュニケイションのテクニックだのを演劇的視点で一般の人に伝えるワークショップです。

で、おいらも反省して、イギリスから帰った後、時間があるといろんな人が参加する「オープンワークショップ」を開いています。といってイギリスに比べたら、全然、助成の金額の桁が違うので、演劇人はやさぐれててもいいとは思います、はい。

で、もう、17年ぐらいやっています。先着順ですからいろんな人がやってきます。

俳優志望者や俳優、ミュージシャン、監督やディレクターはもちろんです。

舞台『ベター・ハーフ』に出演した中村中《なかむらあたる》さんは、これに申し込んでくれました。メールの申し込み者名を見た時は叫びました。

8月の今回は、「10年間、引きこもっていました」という男性が参加しました。20代の前半から30代の前半まで引きこもって、去年、部屋から出てきたと言いました。いい奴でした。レッスンでちょっと周りと体が触れただけで、心底、申し訳なさそうに謝ってました。

ワークショップの最後に演技の時間があるのですが、朴訥《ぼくとつ》というか純朴な人柄が滲《にじ》み出ていました。

こういう男性がもてたらいいなあ、こういう男性を好きになってくれる女性はいい女なんだけどなあと思いながら見ていました。

ま、なかなか、そんなカードを女性は引かないんでしょうなあ。

「僕、年上の熟女にはもてるんです」と無邪気な目で言ってました。と言っても、一回だけだそうですが。余裕のある年上の人なら、「かわいいなあ」と素朴さを愛せるのでしょう。

別のレッスンでテキストを使うのですが、それは、「昨日、カラオケに一緒に行った相手が素敵だった」とオーディション会場で思い出し、「うまく行けばいいなあ。芸の肥やしかあ」とニマニマし、でも、そこに恋人から電話がかかってくるという設定のセリフでした。

若い女性がやってきて、（セリフは男女共、同じ設定です）「あの、これ、電話の相手は恋人ですよね？」と言いました。

「そうです」と軽く答えると、「じゃあ、どうして、カラオケに行った相手のことを思ってるんですか？」と真剣な目で聞かれました。

彼女は、「これは『二股』ですよね、そんなことしていいのですか」とさらに言いました。

本気のようでした。

僕は「まだ無名だから、文春砲は炸裂しないから大丈夫だと思うよ」と答えましたが、唖然《あぜん》としました。

17年間、同じテキストを使ってますが、こんな質問というか突っ込みを受けたのは初めてでした。

いきなり、「ああ、『週刊文春』と『週刊新潮』は日本の文化を変えたんだなあ」と思いました。

彼女は、どうみても道徳的に間違ったことは許せないという感じでした。付き合っている人がいるのに、別の人にときめくなんておかしい、まして一緒にカラオケに行くのなんて信じられない、そう言いました。

でも、彼女は俳優を目指しているのです。俳優はドラマを演じます。ドラマはたいてい、人間の弱さやずるさ、情けなさを描きます。完璧な人間や道徳的に正しい人間、やましさが何もない人間を描くことはありません。そもそも、そんな人は存在しないと考えるのが芸術だったり芸能の基本です。

夫がいるのに別な人を真剣に恋してしまったり、同時に二人の人を同じぐらい愛してしまったり、体の欲求に信頼を裏切ってしまったり。そういうことをするのが人間であり、そこから人間の苦悩や葛藤が始まるのです。そして芸能や芸術が生まれたのです。

「付き合っている人がいたら他の人を好きにならない」そう決めて、そのままパーフェクトに人生を終わらせられるのなら、それは生きた人間というか熱い血が流れる人間ではないと僕は思うのです。

なんだか、俳優志望の世界にまで、「健全な道徳律」が染み込んで来るのは、ものすごく息苦しいと感じてしまうのです。

（２０１７年７月）

## ツイッターと想像力

「僕は作家なので想像力はそれなりにあると思っていたのだが、子供を持って初めて『虐待《ぎゃくたい》によって殺された子供のニュース』がつらすぎて、なるべくなら見たり聞いたりしたくないという気持ちになる。子供を持つまでこんな気持ちになるなんて夢にも思わなかった。自分の想像力なんて大したことないと思った」

というツイートをしたらバズりました。「インプレッション」というユーザーに表示された回数が、100万を超しました。すると、いろんなツイートが飛んできました。

「私には子供がいませんが、つらいです」とか「虐待から目を背けないで下さい！」とか「子供を持たないと分からないと言いたいのですか！」とか「子供を持ちたくても持てない人を傷つけていることが分からないのか」とか、まあ、香ばしいのがたくさんきました。

「ブレイクすることは、バカに見つかること」と言ったのは、有吉弘行《ありよしひろいき》さんだったでしょうか。

100万を超すと、本当に予想外のツイートが飛んできます。これもまた、自分の想像力なんてちっぽけなものなんだなあと思わされます。

「子供を持てない人を傷つける、こんなツイートはしないように気をつけよう」というのもありました。

僕が書いたツイートは、想像力について語ったものです（とまあ、あらためて書くのもナンなんですが）。

僕自身、子供を持つことでこんなに胸潰《つぶ》れるような気持ちになるとは、夢にも思いませんでした。

もちろん、子供を持つ前から、虐待のニュースはとても悲しく感じました。けれど、子供を持つと、その感覚が想像のはるか上だったのです。

で、「当事者にならないと分からないことってあるんだなあ。悔しいけれど、どんなに想像力を働かせても、当事者の思いに届かないことってあるんだなあ」と感じたのです。

「震災にあった人の気持ちも、ガンを宣告された人の気持ちも、子供を交通事故で亡くした人の気持ちも、許されない恋に落ちてしまった人の気持ちも、親を介護している人の気持ちも、どんなに想像力を働かせても分からない部分があるんだろうなあ」

この発見は驚きでしたが、けれど、ネガティブなことではないと感じました。

この発見によって、僕は謙虚になる自分を発見したのです。

「どんなに想像力を働かせても分からないことがあるんだ。当事者の気持ちに届かないんだ」

そう思えれば、「きっと、私が想像する以上につらいんだろうな。私が単純に想像するレベルじゃないんだろうな」と思えるのです。

「どんなに想像力を働かせても、当事者の実感にかなわない」ということは、つまりは「自分の想像力で他人の感情や状況を判断してはいけない。たいていの場合、当事者の苦しみは、自分の想像力の結果より、はるかに深い」ということを教えてくれるのです。

どんなことでも、一度、自分が当事者になると、その時の気持ちに自分で驚きます。そして、当事者になる前の自分は、分かっていたと思っていたけれど、分かっていなかったんだなと気付くことができるのです。

去年の11月、母親が脳梗塞《のうこうそく》で倒れました。

それまで「脳梗塞」という単語は、ドラマの中にしか出てこないものでした。

故郷で倒れ、飛行機に飛び乗り、病院にかけつければ、そこには、半身が麻痺し、意識がない母親がいました。

その姿を見た瞬間、涙が溢れてきました。が、泣いてる場合ではないので、感情を押し殺しました。

あの時から、親を介護している人の話や親が亡くなった人の話は、胸に迫るようになりました。

そして、本当に大変だなと、感じるようになりました。

蛇足ながら、「子供を産めない人を傷つけて平気なのか！」というようなツイートに対して、僕の代わりに「鴻上はそういうことを言いたかったんじゃない」と、たくさんの人が嘆《なげ》きつつ書いてくれました。

でもまあ、こういうツイートは、数百ほどでした。全体では100万ですから、とんでもないツイートをする人は、全体の0・1%もいないと考えられます。

これは、希望だと僕は思っています。


（2019年2月）

# あとがきにかえて

ある芝居を見に行った後、演出家を紹介されました。新進気鋭の30代の演出家でした。「初めまして」と挨拶すると、「いえ、僕は鴻上さんと舞台で共演したことがあります」と彼ははにかみました。

そんなはずはないでしょう、僕が舞台で演技したのはここ30年ぐらいで蜷川さんの『キッチン』だけですからと言うと、「はい。その『キッチン』で共演しました」と彼は言いました。

じっくり顔を見ましたが、とっさには思い出せませんでした。申し訳ないなあ、思い出せないなあと戸惑っていると、「無理もありません。僕は途中参加でしたから」と微笑みました。

「途中参加」という言葉で、いきなり閃《ひらめ》きました。「まさか、君は、中二階から階段を降りてきたあの俳優!?」と叫ぶと、「はい。僕です」と彼は恥ずかしそうに答えました。

一気に記憶がよみがえりました。

あの時、中二階からニナガワ・スタジオの俳優が降りてきた3日目の稽古の最初に、制作の人が「今日は稽古を早めに終えて、稽古場で懇親会をします」とアナウンスをしました。

人数が多いので、飲み屋に行って席が分かれるより稽古場の方が誰とでも話しやすいし、安上がりだし、便利という理由で選ばれることがあるのです。

そして、稽古が始まりました。同じ役を二人が交互に演じて、稽古の終わりに蜷川さんは「××の役は、○○でいきます」と宣言しました。それは、中二階から階段を降りてきた俳優でした。

演出助手が「それでは今日の稽古はここまでです。お疲れさまでした」と声をあげ、全員が「お疲れさまでした」と返しました。

続いて制作が「それでは、懇親会の準備を始めます」と宣言して、「ビールや焼酎、食べ物が稽古場に並び始めました。

僕は、前から決まっていたにしても、わざわざ今日することはないのに、と思いました。制作の人はたぶん「なんで、懇親会の日に、役の交代を発表するんだろう」と内心悲鳴をあげたと思います。蜷川さんの内心は、「彼には計6日間のトライアルの期間を与えた。でも、演技力の違いは明らかなんだから、いい加減決める時期なんだ。ちゃんと決めて体制をはっきりさせてから懇親会をした方がいいんだ」か「懇親会の日に、役の変更を伝えることになったがしょうがない。そういうことを受け入れるのがプロなんだ」かもしれません。

しばらくわいわいと飲んでいたら、役を交代させられた若者の姿が目に入りました。彼は一人でビールを飲みながら、泣いていました。

彼は、蜷川さんから事前に「もし、役が交代になったら」と聞かれて、「どんな形でもいいから、最後までこの芝居に関わっていたい」と希望したと蜷川さんは説明しました。だから、「キッチンに出入りする業者」の役を作ったと。

それは、セリフがないまま、キッチンにじゃがいもを運んだり、から箱を回収したりする役です。それでもやりたいと言ったのは、彼の意地だったんじゃないかと僕は感じました。

その彼が懇親会で一人、ビールグラスを持ったまま泣いていました。

辺りを見回すと、蜷川さんの姿はもう見えなくなっていました。

彼に近寄り、「稽古場、出ようか？」と声をかけました。一人で涙を流している姿があまりにも痛ましく、全身で悲鳴をあげているように感じたのです。

ここで話しかけるのは、僕の役割のような気がしました。

彼は小さくうなずきました。少しホッとしたようでした。彼はまだ若く、いたくない懇親会を去ることはできないと思い込んでいたのです。

そのまま、二人で近くの居酒屋に入りました。1時間ほど何気ない話を続けると、彼は少し落ち着いたようでした。

次の日からも彼はちゃんと稽古場にきて、出入りの業者の役を演じ始めました。と言って、台本には当然書かれてないので、自分でいつキッチンに入って、いつ出て行くかを探るしかないのです。じゃまになってはいけないし、かといって遠慮しすぎるとまったく出られなくなってしまうし。

僕が新進気鋭の演出家の顔をよく覚えていなかったのは、ずっと、この役を外された彼を心配し、中二階から降りてきた若者とはなるべく距離を取るようにしていたからです。

親しくしたら、役を外された彼が苦しむかもしれないし、かといって攻撃したりきつく当たるのもおかしいし、幸い、役としては絡みがなかったので、冷静な距離をずっと取れていたのです。

新進気鋭の演出家として再会した彼に、「ねえ、蜷川さんは『あの役のセリフを覚えておけ』って事前に言ったの？」と聞きました。いつ蜷川さんが、本来の役の彼を諦め、いつ準備を始めたのか、一番、知りたかったことです。

本来の役の彼がセリフにつまり、稽古が進まず、演出家の彼が中二階から降りてきたのは、3日目でした。

彼は「いいえ。蜷川さんは一言も言ってないです。ただ、僕達は稽古を見学するだけじゃ足らない。自分でセリフを覚えて見ないとダメだって言われてたんです。それは『キッチン』の稽古だけじゃなくて、もっと前からの話です。だから、僕はほとんど全部の役のセリフを覚えていたんです。彼がセリフに苦しんでいるのが分かった時は、彼のセリフをちゃんと覚えました。指名が来るとは思ってなかったです。ただ、自分の稽古のためになると思ったんです」と教えてくれました。10年以上たって、真実が分かったわけです。

じつは『キッチン』の稽古では、この後、若い女優にも同じことが起こりました。なかなかうまくセリフが言えなかった時に、蜷川さんは中二階を見て、ニナガワ・スタジオのメンバーの名前を呼びました。降りてきた彼女は、残念ながら、セリフがうろ覚えで、苦労している女優とそんなに変わりませんでした。彼女の場合は、指名が来ることをリアルに想定してなかったのかもしれません。または、いきなり指名されて緊張して混乱したのかもしれません。

苦労していた女優は、たまたま僕の知り合いだったので、この日の稽古の後「鴻上さん、どうしたらいいの⁉」と悲鳴を上げて近づいてきました。

「じゃあ、稽古しようか」と、僕達は二人で居残り稽古をして、なんとか彼女は役を外されなくてすみました。でも、もし、ロフトから降りてきた女性が完璧だったら、交代させられていただろうと思います。

新進気鋭の若い演出家は、とても評判がよく、演出家としてすでにたくさんの賞を獲得していました。あんな修羅場を生き延びたんだから、そりゃあ、何者かになるよなあと、僕は彼の顔を見てしみじみしました。

「よかったねえ。売れてよかったねえ。演出家として評判じゃないですか」と僕は彼を祝福しました。

彼は彼で役者ではなく演出家を選んだのは、役者の道を諦めたからかもしれません。役者より演出家にあってると思ったのか、演出家に興味を持ったのか、それは分かりませんが、演出家として再会できたことが、彼も嬉しそうで、僕もとても嬉しくなりました。

蜷川さんは、「ニナガワ・スタジオ」という若者を集めた集団を作りました。俳優とスタッフが何十人もいました。俳優達は何人かでグループを作り、自分達で芝居の1シーンを選んで稽古し、演出家志望の若者がそれにアドバイスしました。何ヵ月も稽古し、最終的に形になったところで蜷川さんがそれを見て、アドバイスというか演出しました。

蜷川さんは1年間に何本も演出してましたから、とても忙しく、じっくり若者の演技を見る時間がなかったのです。

それはネガティブに言えば、「ニナガワ・スタジオに所属したのに、なかなか蜷川さんに見てもらえない」ということです。でも、ポジティブに言えば、「俳優としても演出家志望者としてもとことん鍛えられる」ということです。

何ヵ月も自分達だけで稽古を続けるためには、持続的な意志とエネルギーが求められます。世界的な演出家が手取り足取りではなく、自分達で戯曲を選び、自分達で稽古スケジュールを決めて、自分達で配役を決めて、自分達で稽古を始める。

この試練に耐えられない俳優志望者は当然、脱落していきます。そこでまず「才能とは夢を見続ける力のことですよ」という僕の言葉の事態が起こります。

俳優の才能なんてものがあるのかないのか分からない。でも、とにかく「夢を見続ける力」が問われる。それを才能と呼ぼうと。

役者志望だけではなく、演出家志望の若者にも同じことが起こります。俳優が集まって演技をしていると、当然、ぶつかります。みんな自分の都合と立場を語ります。そんな時に演出家志望に聞きます。そこで、俳優を納得させられる言葉を言えた人間だけに、次の機会があるのです。

そこで、俳優を説得できなかったり、一方の俳優だけの肩を持ったり、自分だけが満足する独自の演出をするようでは、演出家志望の人間に次のチャンスは訪れず、自然に集団から脱落するようになるのです。

そうやって演出家志望は鍛えられるのです。

そして、最終的には、蜷川さんが演出した公演があります。それぞれの俳優のグループが独自に公演した作品をベースにまとめ上げたものが多かったです。

そして、1年がたちます。

次の年、ニナガワ・スタジオは新人を募集します。新たな才能との出会いを求めるわけです。それはどの劇団でも事務所でも同じです。

ただ、毎年、新人を入れ続けると、どんどん所属俳優が多くなります。うかうかしていると、何百人も所属している劇団になります。実際にそういう所はあります。そうなると、同じ劇団なのに活動している人とまったくしてない人に分かれたり、劇団の風通しが悪くなったり、弊害が大きくなります。

蜷川さんはそんな事態を避けるためにどうしたか？

1年たって、所属俳優に対して来年度も一緒にやりたいと思ったメンバーにだけ、新年度、4月のミーティングの知らせが、3月にハガキで届くのです。

つまり、届かなかった俳優はそれで終わりです。そこまでです。

最初、僕はこのシステムを知った時に震えました。

その頃、僕は自分の主宰する劇団で、「一緒にやるのはここまでだ」と思った俳優とは面談をして、直接伝えました。それでも、「第三舞台」でも「虚構の劇団」でも、正式な劇団員は最大10人でしたから、数年に1回、そういう面談をするだけでした。それでも、「クビを切る」という面談はとても消耗しました。なるべく誠実に、「もう一緒に遊べない理由」を伝えようとしました。

僕を支えたのは、「僕の判断は絶対じゃない。僕がクビを切っても、この俳優は別の劇団や事務所で花開くかもしれない。この国はそういう可能性がある国だから」という思いでした。それでも、なるべくならクビなんか切りたくないと思いました。

それを蜷川さんは、ハガキ一枚で終わらせたのです。そうして、ニナガワ・スタジオを常に30人から40人の集団でいられるようにしたのです。

ただし、蜷川さんが、最後までこのシステムを続けたかどうか分からないので断定はできませんが、少くとも僕が知っている時期は、これがニナガワ・スタジオのルールでした。

僕は蜷川さんを責めているのではありません。蜷川さんが生きている現実のすさまじさにただ圧倒されたのです。

クビになる時に、ハガキさえ来ないシステムは、恨まれないわけがないと蜷川さんは分かっていたはずです。せめて最後に「ここまでなんだよ」と直接聞きたかった、クビの理由を蜷川さんに教えてほしかった、それが無理ならせめて「クビだ」というハガキ一枚を受け取りたかった、それさえないということはどういうことなんだと責められることを充分承知で蜷川さんはこのシステムを選んだのだと思います。

その決意に震えます。

それがプロということなのだと蜷川さんは思っていたのでしょう。蜷川さん自身、俳優として20代はまったく売れず、演出家としても仕事がない時代が30代にありました。ずっと暇で子供の面倒を見た「専業主夫」と自分を呼んでいた時期があったのです。売れること、売れないと意味がないこと、売れないことの怖さ、売れたことの強さを肌身に沁みていたのだと思います。

蜷川さんの言葉に「心に怪物を飼え。決して安定するな」というものがあります。

僕は時々、思い出します。

蜷川さんはずっと歯を食いしばって、心の中に怪物を飼い続けていたんだなあと思います。

よく蜷川さんに「鴻上は、なんてのほほんとした顔をしてるんだ」とからかわれました。僕の心の中には怪物はいないと思っていたのかもしれません。

この言葉をある女優さんに言ったら、「私は自分の中にいる怪物に心を食い破られそうなの」とぽつりと言いました。だから、自分の中の怪物を追い出したいと。そう語る目は真剣で深刻でした。

本当に「人間ってなんだ」と思います。死ぬまでずっと人間について考え続けるんだと思います。

二〇二二年六月

鴻上尚史

本書は『週刊ＳＰＡ！』（扶桑社）１９９４年10月12日号～２０２１年5月26日号で連載した「ドン・キホーテのピアス」の一部を、書籍化にあたり加筆修正のうえ、再構成したものです。

**鴻上尚史**

1958年愛媛県生まれ。早稲田大学法学部卒業。作家・演出家・映画監督。大学在学中の1981年、劇団「第三舞台」を旗揚げする。'87年『朝日のような夕日をつれて'87』で紀伊國屋演劇賞団体賞受賞、'94年『スナフキンの手紙』で岸田國士戯曲賞を受賞。2007年に旗揚げした「虚構の劇団」の旗揚げ三部作戯曲集『グローブ・ジャングル』では、第61回読売文学賞戯曲・シナリオ賞を受賞した。著書に『あなたの魅力を演出するちょっとしたヒント』『青空に飛ぶ』(ともに講談社文庫)、『「空気」と「世間」』『不死身の特攻兵』(ともに講談社現代新書)、『ベター・ハーフ』(講談社)、『鴻上尚史のほがらか人生相談』(朝日新聞出版)など多数。

講談社+α新書《プラスアルファ》 855-1 C

人間《にんげん》ってなんだ

鴻上尚史《こうかみしょうじ》 

2022年7月20日第1刷発行

発行者——鈴木章一

発行所——株式会社 講談社

東京都文京区音羽2-12-21 〒112-8001

電話 編集(03)5395-3522

販売(03)5395-4415

業務(03)5395-3615

デザイン——鈴木成一デザイン室

カバー印刷——共同印刷株式会社

印刷——株式会社新藤慶昌堂

製本——牧製本印刷株式会社

KODANSHA

定価はカバーに表示してあります。

落丁本・乱丁本は購入書店名を明記のうえ、小社業務あてにお送りください。

送料は小社負担にてお取り替えします。

なお、この本の内容についてのお問い合わせは第一事業局企画部「+α新書」あてにお願いいたします。



Printed in Japan

ISBN978-4-06-529179-5

## 講談社+α新書

起業するより会社は買いなさい サラリーマン・中小企業のためのミニM&Aのススメ
高橋 聡
定年間近な人、副業を検討中の人に「会社を買う」という選択肢を提案。小規模M&Aの魅力
924円 816-1 C

「平成日本サッカー」秘史 熱狂と歓喜はこうして生まれた
小倉純二
Jリーグ発足、W杯日韓共催——その舞台裏にもまた「負けられない戦い」に挑んだ男達がいた
1012円 817-1 C

メンタルが強い人がやめた13の習慣
エイミー・モーリン
長澤あかね 訳
一番悪い習慣が、あなたの価値を決めている！最強の自分になるための新しい心の鍛え方
990円 818-1 A

メンタルが強い子どもに育てる13の習慣
エイミー・モーリン
長澤あかね 訳
子どもをダメにする悪い習慣を捨てれば、〝自分を律し、前向きに考えられる子〟が育つ！
1045円 818-2 A

人間関係が楽になる神経の仕組み 脳幹リセットワーク
藤本 靖
わりばしをくわえる、ティッシュを噛むなど、たったこれだけで芯からゆるむボディワーク
990円 819-1 B

もの忘れをこれ以上増やしたくない人が読む本 脳のゴミをためない習慣
松原英多
今一番読まれている脳活性化の本の著者が、「すぐできて続く」脳の老化予防習慣を伝授！
990円 820-1 B

全身美容外科医 道なき先にカネはある
高須克弥
「整形大国ニッポン」を逆張りといかがわしさで築き上げた男が成功哲学をすべて明かした！
968円 821-1 A

世界のスパイから喰いモノにされる日本 MI6、CIAの厳秘インテリジェンス
山田敏弘
世界100人のスパイに取材した著者だから書ける日本を襲うサイバー嫌がらせの恐るべき脅威！
968円 822-1 C

空気を読む脳
中野信子
日本人の「空気」を読む力を脳科学から読み解く。職場や学校での生きづらさが「強み」になる
946円 823-1 C

生贄探し 暴走する脳
中野信子
ヤマザキマリ
「世間の目」が恐ろしいのはなぜか。知っておきたい日本人の脳の特性と多様性のある生き方
968円 823-2 C

ソフトバンク崩壊の恐怖と農中・ゆうちょに迫る金融危機
黒川敦彦
巨大投資会社となったソフトバンク、農家の預金等108兆を運用する農中が抱える爆弾とは
924円 824-1 C

表示価格はすべて税込価格（税10%）です。価格は変更することがあります

## 講談社+α新書

| 書名 | 著者 | 内容 | 価格 | 番号 |
|---|---|---|---|---|
| ソフトバンク「巨額赤字の結末」とメガバンク危機 | 黒川敦彦 | コロナ危機でますます膨張する金融資本。崩壊のXデーはいつか。人気YouTuberが読み解く。 | 924円 | 824-2 C |
| 次世代半導体素材GaNの挑戦 22世紀の世界を先導する日本の科学技術 | 天野　浩 | ノーベル賞から6年——日本発、21世紀最大の産業が出現する!!　産学共同で目指す日本復活 | 968円 | 825-1 C |
| 会計が驚くほどわかる魔法の10フレーズ | 前田順一郎 | この10フレーズを覚えるだけで会計がわかる！「超一流」がこっそり教える最短距離の勉強法 | 990円 | 826-1 C |
| ESG思考　激変資本主義1990—2020、経営者も投資家もここまで変わった | 夫馬賢治 | 世界のマネー3000兆円はなぜ本気で温暖化対策に動き出したのか？　話題のESG入門 | 968円 | 827-1 C |
| 超入門カーボンニュートラル | 夫馬賢治 | カーボンニュートラルから新たな資本主義が誕生する。第一人者による脱炭素社会の基礎知識 | 946円 | 827-2 C |
| 内向型人間が無理せず幸せになる唯一の方法 | スーザン・ケイン　古草秀子 訳 | 成功する人は外向型という常識を覆した全米ミリオンセラー。孤独を愛する人に女神は微笑む | 990円 | 828-1 A |
| トヨタ チーフエンジニアの仕事 | 北川尚人 | GAFAも手本にするトヨタの製品開発システム。その司令塔の仕事と資質を明らかにする | 968円 | 829-1 C |
| ダークサイド投資術　元経済ヤクザが明かす「アフター・コロナ」を生き抜く黒いマネーの流儀 | 猫組長(菅原潮) | 恐慌と戦争の暗黒時代にも揺るがない「王道の投資」を、元経済ヤクザが緊急指南！ | 968円 | 830-1 C |
| カルト化するマネーの新世界　元経済ヤクザが明かす「黒い経済」のニューノーマル | 猫組長(菅原潮) | 投資の常識が大崩壊した新型コロナ時代に、元経済ヤクザが放つ「本物の資産形成入門」 | 968円 | 830-2 C |
| シリコンバレーの金儲け | 海部美知 | 「ソフトウェアが世界を食べる」時代の金儲けの法則を、中心地のシリコンバレーから学ぶ | 968円 | 831-1 C |
| 認知症の人が「さっきも言ったでしょ」と言われて怒る理由　5000人を診てわかったほんとうの話 | 木之下　徹 | 認知症一〇〇〇万人時代。「認知症＝絶望」ではない。「よりよく」生きるための第一歩 | 968円 | 832-1 B |

表示価格はすべて税込価格（税10％）です。価格は変更することがあります

講談社＋α新書

# 人間ってなんだ

鴻上尚史

「人とつきあうのが仕事」の演出家が、現場で格闘しながらずっと考えてきた「人間」のあれこれ

968円
855-1
C

表示価格はすべて税込価格（税10％）です。価格は変更することがあります